Christoph Pfister

Teufelssagen aus der Umgebung von Bern

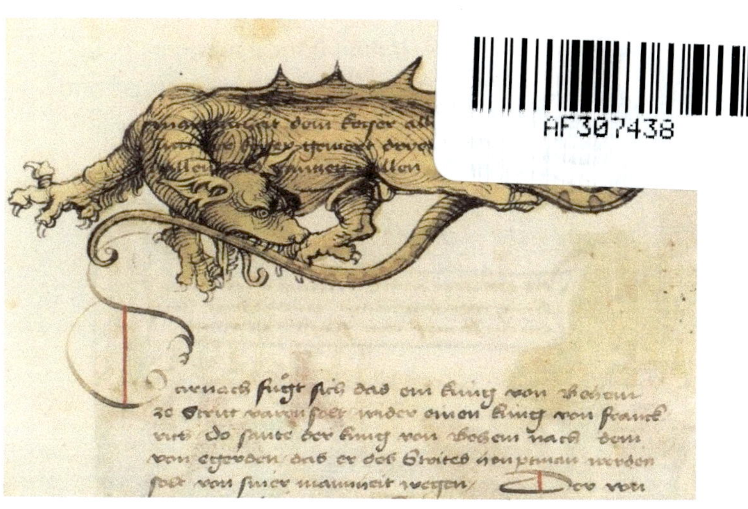

Historisch-philologische Werke 10

Cover-Bild:
Die Teufelsburdi bei Winzenried
Foto: Autor, 4.1997

Titelbild:
**Darstellung eines Drachens aus der illustrierten Berner
Stadtchronik, genannt *Spiezer Schilling***

Diabolum expellas furca, tamen usque recurret.
Man kann den Teufel mit der Mistgabel vertreiben, er wird
gleichwohl immer zurückkommen.
Bearbeitetes Zitat aus Horaz, *Episteln*, 1, 10, 24

Detrás la cruz está el diablo.
Hinter dem Kreuz steht der Teufel.
Spanisches Sprichwort

Zweite vermehrte Auflage 2025

Verlag:
BoD · Books on Demand GmbH, Überseering 33,
22297 Hamburg, bod@bod.de
Druck:
Libri Plureos GmbH, Friedensallee 273, 22763 Hamburg
ISBN: 978-3-8192-2964-0

Inhalt

Abbildungen

Vorwort und Einführung

Sagen beschäftigen mich seit meinen frühen Jahren.

Schon als Kind hörte ich die Sage vom Zwerglistein am Gurten.

Zu jenem bekannten Schalenstein auf einem Moränenzug am Nordostabhang des Gurtens oberhalb von Kleinwabern gibt es eine hübsche Erzählung: Die künstlich angebrachten Vertiefungen an der Oberfläche jenes Findlings hätten einer Familie von Zwergen als Gefäße für die Suppe und den Brei gedient.

Später vernahm ich die Sage vom Hardermannli bei Interlaken.

Da habe ein Riese das Bödeli zwischen Brienzer- und Thunersee unsicher gemacht. Die verstörten Bewohner hätten lange gebraucht, um dem unheimlichen Besucher sein Handwerk zu legen. Schließlich sei es ihnen gelungen, den gewaltigen Mann während des Schlafs zu überwältigen und ihm den Kopf abzuhauen. – Und zum Nutzen und Frommen der rechtschaffenen Leute hätten sie das Haupt des Riesen in eine Felswand des Harders eingefügt. – In versteinerter Form kann man die Fratze von Interlaken aus noch heute betrachten.

Märchen interessieren mich ebenfalls. Sie stehen auf der gleichen Ebene wie die Sagen und haben ähnliche Motive und Inhalte.

Die Geschichten von Schneewittchen und den sieben Zwergen hinter den sieben Bergen, von Aschenputtel und von Dornröschen lassen sich inhaltlich kaum ausschöpfen.

Und sowohl Sagen wie Märchen haben bekanntlich einen wahren Kern. Sie führen zurück in eine rätselhafte und dunkle Vergangenheit.

Seit meiner Jugend beschäftige ich mich mit Geschichte. Auch wenn ich die Kritik an der Geschichte und der Chronologie erst viel später kennenlernte, so kamen mir schon früh Zweifel an den angeblich sonnenklaren Behauptungen über die früheren Zeiten der Menschheit und der Natur.

Hier setzen die Sagen und Märchen ein. Sie erzählen etwas über eine Vergangenheit, von der wir nichts wissen und nie etwas erfahren werden.

Die Märchen verkleiden bestimmte Personen und Zeiten der behaupteten Geschichte in eine Erzählung, die man unmöglich für wahr halten kann: Und wenn sie nicht gestorben sind, so leben sie noch heute.

Die Sagen hingegen sind geschichtliche Erzählungen. Im Unterschied zur Wissenschaft von der Geschichte legen sich die Sagen nicht fest; sie behaupten gewisse Ereignisse und Zeiten nur.

Die literarische Gattung der Märchen und Sagen gewannen für mich über die Jahrzehnte immer mehr an Sympathie, während die gelehrten Dinge an Gewicht verloren.

Allbekannt ist zum Beispiel die Geschichte von Hänsel und Gretel.

Bei der Analyse jenes Märchens erkannte ich, daß jene Erzählung auf Kaiser Augustus und seine Frau anspielt.

In einem Römischen Reich habe es jenen Herrscher gegeben, während wir Hänsel und Gretel als literarische Erfindungen halten sollen!

Auch die Entstehung der natürlichen Welt ist rätselhaft und stellt unlösbare Fragen.

Nehmen wir als Beispiel die Findlinge in unserer Landschaft.

Wie kamen diese großen Steine aus den Alpen ins Mittelland? Menschen können die viele Tonnen schweren Blöcke nicht bewegt haben. Das müssen übermenschliche Kräfte gewesen sein. Und über solche verfügten nach Meinung der Alten nur Riesen und der Teufel.

Die Sagen fordern uns auf, nachzudenken und nicht vorgefertigte Behauptungen anzunehmen.

Zu den Rätseln der Naturgeschichte kommen diejenigen über den Ursprung der Menschheit.

Seit wann gibt es Menschen und menschliche Kultur im heutigen Sinne?

Wer hat die Pyramiden in Ägypten gebaut, wann und wie?

Und wie erklären wir die Hügelgräber oder Grabhügel in unserer Landschaft? Wie wurden sie aufgeschüttet und von wem?

Die Pfahlbauten stellen ebenfalls unlösbare Rätsel: Weshalb hat man diese hölzernen Plattformen an den Seeufern des Schweizer Mittellands gebaut? Wann war das und wie lange gab es sie?

Dasselbe gilt für die ersten Wehranlagen, die Erdburgen und Erdwerke. Weshalb wurden überall solche Anlagen errichtet? Und waren die Burgen bewohnt und von wem?

In *Burgen rund um Bern* suche ich diese Befestigungen in eine kulturelle Entwicklung einzuordnen und wage sogar Zeitstellungen.

Aber wie an anderen Orten und mit anderen Dingen gibt es viele Fragen und wenig Antworten.

Der Mensch jedoch möchte auch dort etwas erfahren, wo es keine Erklärungen gibt; er möchte die Dämmerung und die Nacht der Vergangenheit durchbrechen.

Seit dreißig Jahren beschäftige ich mich mit der Frage, wie weit wir tatsächlich Geschichte erfassen können.

Mein Fazit ist kurz gesagt: Die menschliche Fähigkeit, in die Vergangenheit zu blicken, ist beschränkt und nimmt ab, je mehr wir rückwärts schreiten.

Die heutige Menschheit ist weniger als fünfhundert Jahre alt. Und über die Anfänge wissen wir gar nichts. Was vor dreihundert oder auch nur vor zweihundertfünfzig Jahren passierte, können wir nur unzureichend beschreiben.

Das steht in einem vollkommenen Gegensatz zur heutigen Wissenschaft: Diese glaubt über alles Bescheid zu wissen und auch noch in entfernten Zeiten alles zeitlich genau bestimmen zu können.

So etwas nennt man Hybris, menschliche Überheblichkeit.

Da sind Märchen und Sagen ehrlich: Diese kennen keine genauen Daten und abgegrenzte Zeiträume; und für sie sind alle Erscheinungen, Dinge und Ereignisse nur Annahmen.

Besonders die Sagen finden sich nicht außerhalb von Raum und Zeit, sondern haben eine Beziehung zu einem bestimmten Ort und einer bestimmten Landschaft.

Schon in jungen Jahren fühlte ich den Hauch der heimatlichen Landschaft, dem Bernbiet.

Auch wenn Ausbildung, Beruf und andere Interessen manchmal überwogen, so blieb immer eine Ahnung von den rätselhaften Ursprüngen unserer Existenz bestehen.

Einige Sagensammlungen beeinflußten mich besonders.

Allen voran ist das schmale Bändchen *Emmentaler Sagen* von Hermann Wahlen zu nennen. Mehrere Geschichten daraus finden sich in bearbeiteter Form in der vorliegenden Sammlung.

Die *Sagen aus dem Bernbiet* von Sergius Golowin hingegen gaben wenig Anregungen.

Dann, um 1996 entdeckte ich die Sage von Johann Rudolf Wyss *Der Abend zu Geristein*, anfangs der 1820er Jahre erschienen.

Der Fund führte in den folgenden Jahren und Jahrzehnten zu einer erneuten Beschäftigung mit diesem Teilgebiet der Literatur. Daraus ist zuletzt diese Schrift entstanden.

Sagen sind gebunden an die Entwicklung der Literatur. Die ersten Sammlungen entstanden um die Mitte des 19. Jahrhunderts.

Dank der Informatik gibt es heute im Netz eine umfassende Sammlung von Märchen und Sagen aus der Schweiz. Aus dieser kann man schöpfen.

Zurück zu Wyss und seinen *Abend zu Geristein*.

Johann Rudolf Wyss war der Sohn von Johann David Wyss, seines Zeichens Pfarrer in Bern und Autor von *Der schweizerische Robinson*.

Wyss der Jüngere hat den Robinson-Roman seines Vaters und als erster die Berner Stadtchronik, bekannt als die Justinger-Chronik herausgegeben.

Zudem gehörte Wyss zu den Gründern des Almanachs *Alpenrosen*, welches bis in die 1850er Jahre erschienen ist.

In diesem literarischen Gefäß veröffentlichten neben Wyss auch andere Schriftsteller heimatliche Geschichten.

Der Abend zu Geristein von Johann Rudolf Wyss veranlaßte mich, diese neu herauszugeben.

Das Werk mit Einleitung, Kommentaren und Abbildungen ist letztes Jahr in einer endgültigen Fassung herauskommen.

Doch schon vor bald dreißig Jahren störten mich gewisse Dinge an Wyss' Sage über Geristein – und an anderen Erzählungen dieser Art.

Frisch und lebendig wirkt bei Wyss die Rahmenerzählung der drei Männer, die von Bern aus eine Wanderung nach Geristein zur Ruine machen. – Aber schon dort meinte Wyss, er müsse seitenlange gelehrte Exkurse aus der erwähnten Justinger-Chronik einfügen.

Die Sage von Geristein selbst wird auffällig kurz abgehandelt. Man hat den Eindruck, der Abend sei fortgeschritten gewesen, sodaß man sich beeilen mußte.

Zudem ist der Schluß nicht eindeutig, sondern stellt dem Leser zwei Enden vor.

Auch das Motiv des Goldsonnens ist von Wyss reichlich unpassend in die Sage eingefügt.

Und was soll der Schloßherr mit der Adoptivtochter Viola in dem Burgturm von Geristein?

Wyss kannte den Ort, übersah aber offenbar großzügig, daß der Rundturm von Geristein weder Türen noch Fenster hatte, also unbewohnbar war.

Dafür ließ jener Autor das Zitat *Überall einsam, doch nirgends verlassen* aus seiner Novelle in eine Felswand in Geristein einmeißeln; an anderer Stelle ein unkünstlerisches Relief des unglücklichen Ivo von Bolligen, dem Verehrer der jungen Viola.

Neben Wyss dem Jüngeren ist als Sagenautor Jeremias Gotthelf zu erwähnen. Dieser schrieb um 1840 ebenfalls Beiträge für die genannten *Alpenrosen*.

Gotthelfs berühmte Novelle *Die schwarze Spinne* ist vom Charakter her eine Sage. In ihr sind unter anderem Elemente von zwei Emmentaler Burgstellen, nämlich Münnenberg bei

Grünenmatt und Bärhegen bei Sumiswald verarbeitet. – Und die Hauptgestalt in jener Erzählung ist der Teufel.

Bei Gotthelfs Roman *Der letzte Thorberger* ist unsicher, ob es die Sage schon zu seinen Zeiten gegeben hat. – Der Ordnung halber muß gesagt werden, daß jene Erzählung zum schlechtesten gehört, was jener bekannte Emmentaler Autor geschrieben hat. - Das Gleiche gilt von Gotthelfs Sagen-Roman *Die Gründung Burgdorfs oder die Brüder Sintram und Bertram.*

Die Beschäftigung mit dieser Literaturgattung haben mich veranlaßt zu bestimmen, welche Elemente eine gute Sage enthalten muß, damit man solche Geschichten auch einer heutigen Leserschaft darbringen kann.

Zuerst sollten die wirklichen Dinge stimmen. Man darf nicht wie im Märchen natürliche Gegebenheiten und Bauten in der Landschaft erfinden. – Schließlich will der geneigte Leser den Schilderungen auch heute nachgehen.

Es gibt zum Beispiel Sagen von verschwundenen Städten im Gebirge; beispielsweise im Gebiet der Sieben Hengste und auf dem Hohgant im Emmental. – Ist das nicht etwas zuviel?

Hier meine ich, daß solche Geschichten angeregt wurden durch die Sage von Plurs, italienisch Piuro, jenem Ort im Bergell, das wie Pompeji oder Vineta ob seiner Sündhaftigkeit unterging.

Bei der Erwähnung von Riesen steht sicher der Riese Goliath aus der Bibel dahinter.

Weil eine Sage von angeblich längst vergangenen Zeiten berichtet, ist eine solche Erzählung in einem traditionellen Stil gehalten. – Trotzdem empfiehlt sich für heutige Erwartungen eine behutsame Modernisierung des Wortschatzes und der Ausdrucksweise.

Vor allem verlangt die Moral der alten Sagen eine gewisse Anpassung an heutige Vorstellungen.

Die früheren Erzählungen folgen meistens einem einfachen Schwarz-weiß-Schema: Die Gottesfurcht und der wahre Glaube besiegen die Lasterhaftigkeit und den Wankelmut der Menschen.

Hier kommen wir zum Kern. Die meisten Sagen handeln offen oder verdeckt vom Teufel als der Personifikation des Bösen, des Unglaubens und des Lasters. Dort wo es an moralischer Stärke fehlt, dringt der Gehörnte ein.

Die Aufklärung hat den Teufel aus den Gedanken der Menschen und damit aus der Geschichte vertrieben.

Also müßten letztlich auch die Sagen als literarische Gattung verschwinden.

Dem ist nicht so. Mit Neuerzählungen unter den oben geforderten Bedingungen, können Sagen sich noch heute behaupten. Denn unsere Zivilisation kämpft dauernd mit dem Bösen und Schlechten.

Die Tierwelt braucht den Teufel nicht. Aus der Menschenwelt hingegen läßt sich der Grüne nicht vertreiben.

Die Etymologen leiten das Wort *Teufel* vom griechischen Verb *diaballein* ab, welches durcheinanderbringen und verleumden bedeutet.

Für mich aber ist es ein Neapel-Wort – wie so viele andere. Ich erkläre das in dem Buch *Die Ortsnamen der Schweiz*:

TEUFEL, entvokalisiert TPL ergibt in der richtigen Reihenfolge NPL, also Neapel

Das andere Wort für den Grünen ist *Satan*. Entvokalisiert ergibt dies STM, genauer S.T(R)M. Daraus erschließt man SANCTAM TROJAM, heiliges Troja.

Die Namen Neapel, Troja und Iljum stehen für eine Vielzahl von Bedeutungen: Ordnung, Regierung, aber auch Gewalt, Unterdrückung. Die gleiche Herkunft wie Satan hat das biblische *Sodom*, die Stadt der Sünde.

Man sieht: Der Teufel hat viele Namen und viele Eigenschaften und kann in vielerlei Gestalt auftreten.

Sagen haben eine dunkle Grundstimmung, weil sie unmittelbar zum Kernproblem der Gesellschaft führen – und damit zu ihrem schließlichen Untergang.

Weil ich immer mehr in die Abgründe der Menschheit hineinblicke, bin ich selbst zum Sagenerzähler geworden.

In der Geristein-Ausgabe von 2019 habe ich im Anhang mit einer selbstverfaßten Geschichte von der Teufelsküche im Grauholz den ersten Versuch einer zeitgemäßen Sage gemacht.

Daraus ist jetzt eine kleine Sammlung geworden, mit dem Teufel als einigendes Thema und dem Bernbiet als Schauplatz.

Damit kehrte ich zurück zu meinen prägenden Interessen: der Geschichte, der Heimatkunde, den Findlingen und Flühen und den Burgen.

Einige Sagen sind ganz von mir verfaßt. Bei anderen verwende ich einen sagenhaften Kern.

Auch sind manchmal Elemente von verschiedenen Sagen in einer Geschichte vereinigt.

Immer erhält der Leser eine Einführung in das sagenhafte Geschehen. Der Abstieg in die Vergangenheit folgt nachher.

Einige Sagen sind komplex. Das gilt besonders bei der Geschichte von Hildebrand, dem Teufel vom Gurnigel, der später zu einem schwarzen Papst stilisiert wurde. - Die Spuren jener Gestalt begleiten die gesamte erfundene Geschichte des alten Berns und der alten Eidgenossenschaft.

In dem Buch *Die Ursprünge Berns* fasse ich meine Erkenntnisse über die Anfänge der Stadt und des Bernbiets zusammen.

Angeblich habe ein Herzog Berchtold von Zähringen die Stadt an der Aare gegründet. Da suchte er für sie einen passenden Namen. Auf einer Jagd dort im Eichenwald erlegte er eine Bärin. Deshalb bekam der Ort den Namen Bern.

Jene Geschichte hat einen wahren Kern: Berchtold ist eine Parallele zum biblischen Nimrod, ein großer Jäger und ein bedeutender Städtegründer.

Auch Orion, der griechische Held, der eine Bärin tötet, steht hinter der Erzählung von der Gründung Berns.

Sagen sind wirklich eine faszinierende Gattung der Literatur.

Die Teufelsfratze auf der Engehalbinsel bei Bern

Nördlich von Bern liegt die Engehalbinsel. Es ist dies, wie der Name sagt, ein halbinselförmiges Gebilde aus eigenartigen Schleifen der Aare. Der Innenteil liegt dabei links des Flusses.

Im Westteil findet sich die große bauchige Flußschlinge von Bremgarten, die ebenfalls einen Teil des Systems der Enge darstellt.

Schaut man sich das Gebilde aus der Luft oder auf der Karte an, so wird einem unvoreingenommenen Betrachter klar, daß hier nicht Mutter Natur dahintersteht.

Die Aare erreicht die Enge geradewegs von Süden. Dort macht sie komplizierte Windungen, bevor sie westwärts in Richtung des Grossen Mooses fließt.

Irgendwann in grauer Vorzeit hat eine menschliche Kultur, aus welchem Grund auch immer, im Gebiet der heutigen Enge den Lauf der Aare verändert.

Die alten Spuren beweisen es.

In Bremgarten gab es in alten Zeiten an der engsten Stelle der Flußschleife eine Burg. Diese war noch bis zum Ende des achtzehnten Jahrhunderts erhalten; dann wurde sie zur Anlage des heutigen Schlosses eingeebnet. Ein einsam stehendes romanisches Kirchlein im Osten der Schleife von Bremgarten erinnert an die frühere Bedeutung des Orts.

Die Engehalbinsel selbst weist etliche alte Spuren auf.

Im Zehendermätteli, gegen Bremgarten gerichtet, erstreckt sich ein dreihundert Meter langer mächtiger Wall. – Welches war der Zweck des Erdwerks?

An der Nordspitze der Halbinsel finden sich Spuren einer Torbefestigung aus Erde und Steinen.

Und in der Mitte der Enge-Areals haben Archäologen eine kleine Arena ausgegraben, die viele astronomische Orientierungen enthält.

Nördlich davon entdeckte man drei kleine Quadrattempel, die unbekannten Gottheiten geweiht waren. Die Mitte der Halbinsel, Rossfeld genannt, war nämlich ein Kultbezirk. Dort verehrte man den Bären, das Totemtier der Enge.

Weiter im Norden, im heutigen Reichenbachwald, erstreckte sich ein kleines Straßendorf, mit einem heizbaren Bad am nördlichen Ende.

Im Osten, in der Tiefenau, grub man vor hundert Jahren eine lange und schmale Wandelhalle aus. In dieser befestigte man eherne Widmungen an den Wänden.

Ein solches Metalltäfelchen hat man dort vor Jahrzehnten zufällig gefunden. Die vier Worte in einem frühen Latein, mit griechischen Buchstaben geschrieben, erwähnen Bremgarten und die Aare.

Die Enge war also in alten Zeiten ein bedeutendes Zentrum.

Da fragt sich der geschichtlich Interessierte, weshalb das spätere Bern nicht hier, sondern weiter oben - ebenfalls in einer Flußschlaufe - entstanden ist.

Ich bin der Sache nachgegangen, habe mich in alte Chroniken vertieft und dabei eine düstere Geschichte herausgefunden.

Die Sage beginnt weit weg von Bern in der französischen Freigrafschaft, welche Besançon, auf deutsch Bisanz oder Byzanz als Hauptort hat.

Der Gründer jener Stadt am Fluß Dub oder Doubs war der einflußreiche Gallierkönig Sigwein.

Die Tochter jenes Herrschers heiratete einen anderen gallischen Fürsten namens Brenner, auch Brenno oder Berno genannt. Dieser wurde königlicher Nachfolger in Bisanz und hatte den Ehrgeiz, es seinem Schwiegervater gleichzutun und ihn zu übertreffen.

Also unternahm Brenner Streifzüge von der Freigrafschaft aus ins Schwabenland und verbündete sich mit anderen Stämmen.

Nachher zog Brenno südwärts über den Jura und entdeckte das westliche Helvetien als ein Gebiet, das ihm besonders gefiel.

Dessen Hauptort Wiflisburg, das spätere Aventicum, eroberte er im Sturm.

Wenig später erkundete Brennus die Gegend weiter östlich mit dem Fluß Arur oder Arura, der nachmaligen Aare. Dort beschloß er, eine Stadt zu gründen, die Byzanz in der Freigrafschaft an Größe und an Macht gleichkommen sollte.

Der König ließ zuerst mit gewaltigen Anstrengungen den Lauf der Aare nördlich des Gurtens verändern. Wie in Besançon wollte er auch hier eine bauchige Flußschlaufe schaffen. An deren engste Stelle errichtete der Herrscher dann die städtische Burg. Fast überflüssig zu sagen, daß der königliche Ort nach ihm den Namen Bremgarten bekam.

Auch die andere Seite der Aare ließ Brennus unter nicht geringeren Anstrengungen umformen. So entstanden die Flußschlingen der Engehalbinsel, vom Fürsten bewußt als Schwurhand geformt. Der Ort entwickelte sich danach zum Mittelpunkt einer Stammesgenossenschaft – der späteren Eidgenossenschaft.

Die Halbinsel der Enge wurde ebenfalls zu einer Burg ausgebaut. Daran erinnert noch heute der Name Burgau.

Ursprünglich hieß die Festung Felsina. Die Flur Felsenau hat den Namen bewahrt.

Der weitläufige Platz wurde im Süden durch einen tiefen Einschnitt vom übrigen Gelände abgetrennt. Der Graben ist erhalten; über ihn führt heute eine Brücke zur Enge.

In alten Zeiten führte ein Holzsteg über den erwähnten Einschnitt zu einem mächtigen, aus Erde, Steinen und Balken gefügten Festungstor als Eingang der Burg in der Enge.

Brennus war stolz auf den von ihm geschaffenen Ort an der Aare. Des Fürsten Geltung und Macht unter den umgebenden Stämmen stiegen.

Doch zufrieden war Berno nicht. Er wollte mehr.

Also beschloß der König mit einem Heer aus Galliern, Schwaben und Helvetiern einen Kriegszug nach Süden gen Rom zu unternehmen. Über einen wenig hohen Alpen-Paß, der nach ihm Brenner genannt wurde, erreichte er Italien, dann Rom und nahm die Stadt ein. Mit den Worten *Wehe den Besiegten* erzwang der Herrscher von den römischen Bürgern ein hohes Lösegeld für den Abzug.

Brennus hatte wie die Fürsten einiger anderer benachbarten Volksstämme eine grausame Gepflogenheit: Er ließ den getöteten Feinden die Köpfe abtrennen und diese öffentlich aufstellen.

Als Ausstellungsorte dienten den Galliern sogenannte Viereckhöfe. Es waren dies große, rechteckige, durch Gräben und Wälle und mit Palisaden versehene Einfriedungen.

Spuren eines solchen Rechteckhofs sieht man noch heute im Bremgartenwald.

Auch in der Tiefenau in der Enge vermutet man eine solche Anlage.

Sogar an Eingangstoren von Festungen wurden bisweilen abgetrennte Köpfe aufgestellt. Diese wurden später oft in Leder oder in Stein – meistens in vergrößerter Form – nachgebildet, um eine bleibende Wirkung zu erzielen.

Nach Brennus' Tod beschloß der neue Burgherr der Enge-Festung, eine lebensechte, steinerne Larve des verstorbenen Königs über dem Südtor anzubringen – den Bewohnern als Andenken und den Feinden zur Abschreckung.

Die Zeiten änderten sich. Die römische Kultur erreichte die Enge. Die geschilderten Bauten, das Dorf, das Bad, die kleinen Tempel und die Wandelhalle entstanden.

Für die Verehrung der Bären, die man dort hielt, bauten die Siedler die erwähnte Arena, deren Reste man im letzten Jahrhundert konserviert hat.

Gleichzeitig zerfielen die alten Festungsanlagen der Engehalbinsel.

Auch das gewaltige Eingangstor am Hals der Enge fiel in sich zusammen. Das königliche Haupt blieb in einem Schutthaufen stecken, war aber weiterhin gut sichtbar.

1: Die Teufelsfratze auf der Engehalbinsel

Foto: Autor, 1997

Koordinaten: 601050/203465

Die künstlich angebrachten Vertiefungen weisen den Stein als Vermessungsstein oder Schalenstein aus.

Der Block existiert nicht mehr. Er wurde in den Jahren nach 2000 weggeräumt und zerstört.

Doch immer mehr begann die Fratze des Brennus die Leute der Enge zu schaudern. Das steinerne Gebilde sah so echt und so ungeheuerlich aus. War dort der Eingang zu einer Festung oder nicht vielmehr ein Tor zur Hölle?

Über die Engehalbinsel begann sich ein Fluch zu legen.

Wieder änderten sich die Zeiten. Das Christentum hielt seinen Einzug. Die Römerbauten verschwanden unter Wiesen, Äckern und Wald.

Da stellte sich die Frage, wo denn die neue Stadt Bern entstehen sollte: am bisherigen oder an einem neuen Ort?

Die Bewohner in einem weiten Kreis von Bremgarten kannten die steinerne Larve in der Enge. Wer war hier dargestellt: ein König, ein Riese oder gar der Teufel?

Auf der Engehalbinsel entstand keine Stadt mehr.

Das anfängliche Städtchen Bremgarten ging bald ein. Nur die Burg und die Kirche blieben erhalten.

Die neuen Städter oberhalb der Nydegg holten sich von der Enge hunderte Fuder Steine für ihre Ringmauern und Kirchen. Aber siedeln wollten sie dort nicht.

Sogar die Bären von der Enge nahmen die Neubürger mit und gaben ihnen Platz im Stadtgraben.

Um den Fluch zu legen, entfernte man die häßliche Fratze beim alten Südtor der Enge und versetzte sie unter ziemlichen Aufwand an eine wenig begangene Stelle am inneren östlichen Ufer der Aare. Damit hofften die Leute, die Düsternis über der Halbinsel aufzulösen, ohne den Teufel zu reizen.

Ferner entstand genau in der Mitte der Halbinsel über dem Fundament eines der alten Tempel eine Kapelle, dem Nothelfer Gilg geweiht. Wallfahrten dorthin suchten die bösen Geister zu besänftigen.

Doch noch immer weckte der Name Brenner oder Berno böse Erinnerungen. Die neue Stadt oberhalb der Enge in der von Brennus oder Berno angelegten Aareschlaufe bei der Burg Nydegg wollte zuerst nicht den Namen jenes unheimlichen Königs übernehmen.

Der Ort hieß zuerst Waldstatt; denn er lag links der Aare, gehörte zum alten Waldgau, der heutigen Waadt.

Erst als das Münster gebaut wurde, nannten die Bürger ihre Stadt Bern. Unterdessen wußte nämlich kaum noch jemand etwas über den düsteren Ursprung des Namens.

Die frühen Eidgenossen aber behielten Besançon in der Freigrafschaft in ihrer Erinnerung.

Es wird erzählt, daß die Schwurgenossen einmal eine ganze Kriegsschar zur Verteidigung jener Stadt entsandten.

Wieder verging eine lange Zeit.

Nach der Glaubenserneuerung beachtete niemand mehr in Bern und in der Enge die Teufelsfratze. Und die Ägidius-Kapelle wurde abgerissen.

Die Namen Brenner oder Berno haben sich erhalten. Aber niemand kannte mehr die Herkunft von einem kriegerischen König, der seine Feinde enthauptete und die Köpfe ausstellte.

Dann, vor fünfundzwanzig Jahren, entdeckte ich den erwähnten Fratzen-Stein im Osten der Enge über der Aare.

Es war dies ein bedeutender Findling, wegen seiner Spuren von Bearbeitung als Schalenstein anzusprechen. - Man hätte ihn unter Schutz stellen sollen.

Mir schwante bereits damals etwas beim Anblick des Blocks.

Aber ich war erst am Anfang meiner Forschungen über die Engehalbinsel und die Ursprünge Berns. Also blieb es bei der Kenntnisnahme.

Dann als ich nach Jahrzehnten den Ort am Ufer der Aare wieder besuchen wollte, war der Findling nicht mehr da. Achtlos hatte man ihn zur Erweiterung des Uferwegs weggeräumt und wahrscheinlich zerstört.

Ich war traurig, die Entdeckung von damals nicht mehr vorzufinden. Und ich überlegte, ob die Zerstörung des Steins nicht Folgen haben könnte.

Hat die Stadt nicht damit gedankenlos einen Hinweis auf seine Ursprünge beseitigt? Könnte nicht vielleicht einmal der Teufel gegen den Willen der Berner wiederkommen und sich rächen, dafür daß man ihm das Gesicht genommen?

Das Ende der Geschichte ist noch nicht geschrieben.

Der Teufelsstein bei Wabern

Im Historischen Museum in Bern kann man eine schöne alte Ansicht auf Bern von Süden bewundern. Der Künstler ist unbekannt. Es muß Albrecht Kauw oder Johannes Dünz sein – und die Entstehung des Werks ist um 1780 anzusetzen.

Der Standort des Künstlers lag oberhalb von Wabern am Fuß des Gurtens. Dort gab es bis vor einigen Jahrzehnten eine Brauerei. Heute ist das Areal neu überbaut.

Im Rücken des Künstlers fand sich ein anderes Monument, nämlich ein mächtiger erratischer Block. Er war so groß, daß man ihn auch von der Stadt aus sehen konnte.

Um 1830 hat man den Findling gesprengt, um daraus Randsteine für Straßen und Plätze herzustellen.

Der Block wurde Teufelsstein oder Teufelsburdi genannt.

Auch der Name Ferlistein ist überliefert. Diese Bezeichnung leitet sich wahrscheinlich ab vom griechischen Wort *Paraklet*, was Tröster, aber auch Mahner bedeutet.

Die Teufelsburdi bei Wabern lag genau am Beginn des Aufstiegs zum Gurten, dem Hausberg von Bern.

In alten Zeiten gab es zuoberst auf dem Hügel ein großes Oppidum, also eine Wehranlage. Davon ist nichts erhalten. Aber man weiß noch, daß beim Westsignal ein Ringwall mit einem Chutz, also einem Wachtfeuer stand.

Der Gurten war früher nicht nur durch die Aare bei Wabern geschützt. Im Westen floß die Sense, damals Sangern genannt, durch das Wangental nach Bern, um im Marzili in die Aare zu münden.

Man kann den Gurten-Hügel als vorzeitliches Bern bezeichnen.

Eine Sage erzählt, welche Bewandtnis es mit dem verschwundenen Block oberhalb von Wabern hatte.

Das junge Bern mißfiel etlichen Adeligen in der Umgebung der Stadt.

Auch der Teufel äugte von der Höhe des Gurtens mit Ärger auf den aufstrebenden Ort in der Schleife der Aare.

Manchmal sandte der Leibhaftige, der auch den Längenberg und den Gurnigel beherrschte, Unwetter auf das junge Bern.

Einmal zog ein besonders schlimmer Sturm von Süden gegen Bern. Die ganze Zeit brauste es mit unheimlicher Gewalt gegen die Stadt.

Einige Bewohner der betroffenen Gegend wollten im Dunkel der Nacht einen Riesen beobachtet haben, der eine steinerne Bürde trug. Doch Genaues konnte niemand sagen.

Aber nach dem Unwetter sahen die Dorfbewohner von Wabern am Waldrand am Fuß des Gurtens einen großen Stein stehen, der vorher nicht dort war,

Sowohl die Bauern wie die Städter ahnten etwas, ohne es auszusprechen: Das war sicher der Teufel, der nächtlich bei Sturm und Wind den Block herbeigeschleppt und in den Boden gerammt hatte.

In der folgenden Zeit begaben sich ab und zu Bauern der Umgebung zu diesem Stein. – Man munkelte nur; aber sicher suchten jene Leute die Dienste oder die Gunst des Grünen.

Die Städter jedoch taten so, als ob am Fuß des Gurtens nichts geschehen wäre. Dabei wußten sie ebenfalls, daß der Block oberhalb von Wabern vorher nicht dort war.

Da erhielt Bern einmal hohen Besuch. Der römische Kaiser Karl aus Böhmen kam in die Stadt, wurde fürstlich empfangen und verköstigt.

Nachher zog der Herrscher weiter nach Laupen, um von dort eine Reise ins untere Rhonetal nach Avignon zum Papst zu machen.

Auf der Rückreise kam Kaiser Karl wiederum nach Bern. Hier ermahnte der Herrscher die Städter, sie sollten eine neue Brücke über die Sense bei Laupen bauen.

Die Bernburger folgten dem Wunsch des Herrschers und bauten einen neuen Übergang über den Fluß.

Der römische Kaiser war papsttreu. Der Papst selbst trug den Titel Brückenbauer, auf lateinisch *pontifex maximus*. Bern wollte sich somit als päpstlich gesinnt erweisen.

Nicht nur die Brücke, der hohe Besuch selbst kostete die Städter mehrere tausend Pfund in Silber. - Sollten sie deswegen die Steuern erhöhen oder gab es einen anderen Ausweg?

Man wußte nicht, von wem der Vorschlag kam; aber bald meinten etliche Räte und Burger, man könnte vielleicht den Teufel am Gurten-Berg fragen.

Nach geraumer Zeit hörte dieser davon und es kam zu einer Begegnung oberhalb des Ferlisteins. Der Teufel war bereit, den Bernern das fehlende Geld zu geben.

Was er dafür wollte, darüber sagten die Ratsherren den Bürgern nichts.

Der Ort am Nordosthang des Gurtens, an dem diese verschwiegene Zusammenkunft stattfand, heißt seitdem Grünenboden.

Der Leibhaftige half der bedrängten Stadt nicht nur mit Geld: Im nächsten Jahr sorgte er auch für ein ungewöhnlich mildes und warmes Jahr im Bernbiet. Also konnte die Ernte vorzeitig eingebracht werden. Und Korn wie Wein wurden so billig, wie sonst selten.

Bern wuchs und erwehrte sich seiner Feinde.

Und einmal errang die Stadt gegen den mißgünstigen Herzog Karl von Burgund bei Murten einen großen Sieg.

Die Berner brachten vom Schlachtfeld reichhaltige Beute heim: Teppiche, Pelze, kostbare Kleider, goldene und silberne Gefäße, Schmuck, Diamanten und Edelsteine. Das war die sagenhafte Burgunderbeute.

Es dauerte nicht lange, bis der Teufel von den Schätzen erfuhr, welche die Berner gemacht hatten. Daraufhin forderte der düstere Bewohner des Gurtens einen Anteil an den Kostbarkeiten:

„Habt ihr vergessen, daß ich euch für den Besuch des Kaisers und den Bau der Brücke in Laupen viel Geld geliehen habe?" ließ der Leibhaftige die Stadt wissen.

Waren die Berner überheblich geworden oder hatten sie Bedenken, mit dem Grünen zu verhandeln? Jedenfalls lehnten es die Städter ab, auch nur einen kleinen Teil ihrer Beute abzutreten.

Lange Zeit geschah nichts Ungewöhnliches. Die Berner meinten, der Riese vom Gurten hätte alles vergessen.

Bis dann im Erntemonat eines Jahres wiederum ein heftiges Gewitter vom Gurnigel her über Bern und seine Umgebung zog. Die Chroniken meldeten, daß außergewöhnlich große Hagelkörner in der Stadt Dächer und Fenster und auf den Feldern Korn und Früchte zerstörten.

Kein Zweifel, es war der Teufel, welcher das Unwetter nach Bern schickte, so wie er früher einmal den Felsblock nach Wabern getragen hatte.

Doch der schlimme Sturm und die Not danach brachten die Burger zu einem Sinneswandel: Wir müssen uns zum rechten Glauben zurückfinden, dürfen nicht mehr mit zwielichtigen Gestalten verkehren!

Wenige Jahre später vollzog die Stadt die Erneuerung des Glaubens. Die Klöster wurden aufgehoben, die Bildwerke der Heiligen aus den Kirchen entfernt und dem verdorbenen Papst eine Absage erteilt.

Noch etliche Male grollte und heulte es vom Gurten her über Bern. Doch mehr wagte der Teufel nicht zu tun. Also verzog er sich bald aus dem Bernbiet.

Die Stadt vergaß allmählich den Gehörnten.

Und die Bewohner von Wabern waren sicher froh, als man nach vielen Jahren den Teufelsstein am Fuß des Gurtens zertrümmerte und wegräumte.

Die Teufelsküche im Grauholz

Die Teufelsküche ist ein Felseinschnitt im Grauholzwald, sieben Kilometer nordöstlich von Bern, nordöstlich des Forsthauses, am Beginn des Steilhangs zum Grauholzberg, dort Kaiserstuhl genannt, in der Gemeinde Bolligen gelegen.

Das Felsportal hat eine Orientierung gegen Nordwesten. Der Aufbruch ist etwa fünf Meter lang, außen etwa drei Meter, innen etwas weniger breit. Die Rückwand erreicht eine Höhe von etwa acht Metern.

Am Fuße der Rückwand findet sich der Eingang eines Stollens, der siebzehn Meter in den Sandstein getrieben ist und blind endet.

Man muß annehmen, daß die Sohle des Felsportals ursprünglich höher gelegen hat. Der unterirdische Gang wurde sicher später von Schatzgräbern angelegt.

Der Felsaufbruch der Teufelsküche im Grauholz ist alt. Beweis dafür sind vermessungstechnische Übereinstimmungen mit alten Bauten.

Zum Beispiel liegt das besagte Felsportal auf einer Sonnenwendlinie zwischen der Höhenburg Bantiger und dem Ringwall der Knebelburg auf dem Jensberg bei Biel. Und die Entfernung zwischen den beiden Punkten beträgt genau elf keltische Meilen oder Leugen.

Auch mit der gallorömischen Arena auf der Engehalbinsel hat die Teufelsküche eine interessante vermessungstechnische Beziehung: Der Felsaufbruch markiert den astronomischen Sonnenaufgang zur Zeit der Sommersonnenwende von der Enge aus. – Der tatsächliche Sonnenaufgang zur besagten Zeit ist von der Arena aus über dem Schwarzkopf, dem höchsten Punkt des Grauholzbergs zu beobachten.

In der Region Bern gibt es einige alte Felsportale. Zu erwähnen ist jenes auf der linken Seite des Gäbelbachs nordwestlich von Bümpliz, dann ein sogenannter Steinbruch bei der Burgstelle Liebefels auf der Sodfluh oberhalb von Hub bei Krauchthal und schließlich das Felsportal von Lindenfeld, südwestlich von Krauchthal im Lindental.

Die Felseinschnitte dienten als Nischen zur Aufstellung von hölzernen Kultfiguren, die aus einem einzigen Stück geschnitzt wurden. Solche Holzskulpturen wurden in der Schweiz im Neuenburgersee und im Genfersee gefunden.

An mehreren dieser merkwürdigen vorgeschichtlichen Felsportale in der Umgebung von Bern haften auch Sagen.

Das also ist die Geschichte der Teufelsküche im Grauholz.

Es war schon später Herbst. An einem milden Tag unternahm ich eine Wanderung im Nordosten von Bern, von Habstetten oberhalb von Bolligen hinab nach Zollikofen. Bei der letzten Spitzkehre des Weges vor dem Forsthaus Grauholz setzte ich mich und gestattete mir eine kleine Rast. Ich wußte, wo ich war, machte mir darüber aber keine Gedanken.

Da kam mir ein Ehepaar entgegen. Mit einer Hand zeigte der Mann nach oben in den laublosen Wald und fragte mich, was denn dieses merkwürdige Felskamin am Steilhang des Grauholzbergs zu bedeuten habe. Sie hätten schon davon gehört und wüßten auch, daß der Ort Teufelsküche genannt werde.

Ich erhob mich und wandte mich zu den beiden: „Nun, ich habe mich lange mit diesem Felsportal beschäftigt und es mehrere Male aufgesucht. Doch es dauerte Jahre, bis ich ein paar begründete Dinge in Erfahrung bringen konnte. Viel ist es nicht. Aber ich will euch gerne darüber berichten.

Ihr wißt, daß man in der Enge nördlich von Bern die Reste einer Arena ausgegraben hat. Diese war der alte, der antike Bärengraben, einige hundert Jahre vor heute.

Der Rundbau in der Mitte der Enge diente auch zur Bestimmung des Himmels und der Sonnenstände. Besonders wichtig war die Beobachtung der Sonnenwenden. Also konnte man von der Arena aus zur Zeit der höchsten Sonne im Juni deren Aufgang im Gelände bestimmen. Und dieser Punkt am Horizont war hier.

2: Die Teufelsküche im Grauholz

Koordinaten: 604080/204955

Foto: Autor, 27.6.2016

Deshalb brachen die vorgeschichtlichen Bewohner dieses Landes diesen schmalen Korridor aus dem Felsen. In die Öffnung stellten sie eine hölzerne Statue, aus einem Stamm gehauen.

Von der erwähnten Stelle in der Enge konnte man das geschnitzte Kunstwerk sehen. Zur Zeit der Sommersonnenwende sah man die Sonne rechts von dem Götzenbild über dem Schwarzkopf, dem höchsten Punkt des Grauholzbergs, am Horizont aufgehen."

Beide - Mann und Frau - nickten bei meinen gelehrten Erklärungen. Doch schienen sie nicht ganz zufrieden zu sein. Die Frau ergriff das Wort:

"Geehrter Herr, wir sind nicht studiert, aber wir hören gerne, was die Leute über diesen oder jenen Ort erzählen. Und dieser Felseinschnitt hat doch etwas mit dem Teufel zu tun."

Ich begriff, daß ich nicht länger bei vernünftigen Erklärungen bleiben konnte und etwas erzählen mußte, was mir eher unangenehm war.

"Wohlan, ihr lieben Leute, wenn ihr unbedingt die Sage hören wollt, die sich um dieses Felsportal rankt, so tue ich es. Doch laßt euch darob nicht den Tag verderben.

Es war vor langer Zeit in diesem Gebiet am Fuße des Grauholzberges. Die Leute der Umgebung wußten, daß sich hier ein merkwürdiger Einschnitt in den Felsen befand. Und da besonders die Rückwand des Portals wegen der Steilheit des Abhangs sehr hoch war, nannten sie diesen Ort den Kaiserstuhl. Man erzählte, hier habe einst der römische Kaiser gesessen und strenges Recht gesprochen.

Nach den Römern blieb der Kaiserstuhl lange verwaist und der Wald nahm den Ort in Beschlag. Da kam eines Tages vom Grauholzberg der Teufel herab und entdeckte den Felsaufbruch. Er schien ihm zu gefallen. Also suchte der Besucher auch nach Arbeit. Der Grüne mußte nicht lange warten. Etliche Bauern kamen zu ihm mit der Bitte, ihnen Baumstämme aus dem Wald zu holen. Der Teufel nämlich konnte mit seiner Säge große Bäume fällen wie andere kleine Tannen. Und auch das Wegschleppen der Stämme bereitete ihm keine Mühe. Da ließ mancher seine Bedenken fallen und bot dem Grünen Arbeit und Lohn an.

Lange Zeit also holte der Teufel für die Bauern Stämme und Holz aus dem Grauholzwald. Dafür ließ er sich gut in Gold, Silber und mit bestem Fleisch bezahlen. Den Felseinschnitt nutzte der Grüne dabei als Küche für die Zubereitung der großen Stücke von Rind, Kalb und Schwein.

Jedesmal wenn der Teufel Lohn bekommen hatte, sahen die Leute der Umgebung am Fuße des Grauholzbergs beim Kaiserstuhl einen großen schwarzen Rauch aufsteigen – das Zeichen, daß in der höllischen Küche gekocht wurde. Und im ganzen Wald verbreitete sich ein fürchterlicher Geruch von Braten und scharfen Gewürzen. Auch das Schmatzen und Grölen des Teufels war laut und weit zu hören.

Nicht nur den Bewohnern von Zollikofen und Habstetten, auch den Bauern, welche die Dienste des Teufels im Grauholz in Anspruch nahmen, wurde dessen Treiben mit der Zeit unheimlich. Er bekam immer weniger Aufträge.

Eines Tages also verließ der Teufel verärgert diese Waldgegend und zog weiter über den Grauholzberg nach Osten in die Umgebung von Krauchthal. Dort sah man ihn dann eine Zeitlang in einem abgelegenen Waldgebiet auf dem Tannstygli südlich des Karthäuserklosters Thorberg. Danach gab der Grüne auch diesen Winkel des Bernbiets als Wohnstätte auf.

Der Felsaufbruch im Grauholz blieb lange verwaist. Niemand kam dort vorbei: Die Leute fürchteten sich, der Teufel könnte zurückkommen und seine höllischen Kochkünste wiederaufnehmen.

Endlich wagten es ein paar beherzte Bauern zu dem verlassenen Felskamin vorzudringen. Sie fanden noch den großen eisernen Rost, auf dem der unheimliche ehemalige Bewohner seine riesigen Fleischstücke anrichtete, aber sonst nichts Besonderes oder Wertvolles.

Doch die Bauern überlegten: Der Teufel bekam als Lohn nicht nur Fleisch, sondern auch Gold und Silber. Die edlen Münzen versteckte er vielleicht hier in diesem Felsportal!

Also begannen die Landleute, an diesem verwunschenen Ort zu graben. Schließlich erreichten sie die Felsschwelle, doch ohne irgend etwas von Wert gefunden zu haben.

Aber wenn man nach etwas sucht, gibt man nicht geschwind auf. So trieben die neugierigen Bauern einen Stollen in den Felsen des Kaiserstuhls hinein. Nach fünfzig Fuß gaben sie auf, da kein Schatz zum Vorschein kam.

Enttäuscht zogen die Schatzgräber von dannen und überließen den Ort der Natur. Das Wissen über das Portal geriet in Vergessenheit. Doch der Name Teufelsküche blieb an dem Felsen haften. Und auch der Stollen wurde immer wieder von den Buben der Umgebung begangen."

Meine Rede war zu Ende. Ich fragte das Ehepaar hernach, ob sie den Schatzgräberstollen ansehen und reingehen wollten. Die beiden schauten sich zuerst an und ließen dann ihre Blicke zum Boden fallen. Die Sage vom Teufel hatte ihnen doch einen gewissen Eindruck gemacht. Also bedeuteten sie mir, daß dies nicht ihr Begehr sei – wenigstens nicht heute. - Mit einem knappen Gruß ging das Paar von dannen.

Mir selber war es lieber, die Neugier der Fremden mit dieser Teufelsgeschichte etwas gezähmt zu haben. Denn ein alter Ort bleibt besser erhalten, wenn nicht zu viele Leute ihn besuchen und allenfalls beschädigen oder zerstören.

Die Teufelskrallen am Grauholzberg

Vor fünfundzwanzig Jahren machte ich eine Wanderung auf den Grauholzberg von Norden.

Ich wählte absichtlich einen kleinen, wenig begangenen Weg. Dieser führte mich zuerst zum sogenannten Chutzen. Es ist dies ein natürlicher, gegen Norden schauender Sporn. Dieser wurde in vorgeschichtlicher Zeit durch einen Halsgraben abgetrennt und zu einer Erdburg geformt.

Ob wirklich in alten Berner Zeiten dort ein Chutz, also ein Warnfeuer vorbereitet war, weiß ich nicht. Möglich ist es schon.

3: Der Viererstein mit den Teufelskrallen im Grauholz

Koordinaten: 604630/205150

Foto: Autor, 1998

Die vier senkrechten Rillen sind auf dem Bild deutlich zu erkennen.

Der Block existiert nicht mehr. Er wurde nach 2000 weggeräumt und zerstört.

Noch vorher, am Fuß des Steilhangs, fiel mir an der linken Seite des Wegs ein Stein auf. Dieser steckte halb im Boden, und seine steile Schauseite war geglättet.

Nun gibt es rund um den Bantiger-Berg mehrere hundert Findlinge. Dieser aber, an einem nördlichen Aufstieg zum Grauholz-Hügel, hatte eine Besonderheit: Auf der geglätteten Seite des Steins waren vier gleich verlaufende, senkrechte Rillen eingearbeitet. Beim Abtasten mit den Händen konnte ich diese fühlen und zählen.

Ich merkte mir die Lage, machte ein Foto und setzte meinen Aufstieg fort.

Zu Hause fand ich Erstaunliches über jenen Findling am Nordfuß des Grauholzbergs heraus. Legte man nämlich um den Stein einen Radius von vier alten Meilen, also 8900 Meter, so lagen etliche wichtige vorgeschichtliche Orte auf diesem Kreis. Ich erwähne die bekannte Erdburg Frumberg im Hünliwald bei Allmendingen bei Bern.

Auch der hier behandelte verschwundene Ferlistein oder Teufelsstein oberhalb von Wabern, hatte dieselbe Entfernung.

Fortan nannte ich den Findling am Grauholzberg den Viererstein.

Ich komme später darauf zurück.

Auf der Hochfläche des Grauholzes angekommen, merkte ich, wie man von dort einen schönen Ausblick nach Norden, gegen Moosseedorf und gegen Urtenen und Schönbühl hatte.

Vom Westende des Hügels, dort Schwarzkopf genannt, bis nach Osten, dem Flühboden, kann man einen langen Spaziergang machen.

Da überlegte ich: In grauer Vorzeit hat sicher auch der Teufel auf dem Grauholzberg Wanderungen unternommen. Schließlich liegt am Westfuß des Hügels die erwähnte Teufelsküche.

Und ganz im Osten des Bergs, auf dem Flühboden, findet sich ein schöner Schalenstein. Dieser hat an seiner Oberfläche etwa acht deutliche, künstlich angebrachte Vertiefungen.

4: Der Schalenstein auf Flühboden

Koordinaten des Standorts: 606620/205870, auf 740 Meter Höhe.

Die künstlich angebrachten Schalen auf der Oberfläche des Blocks sind
deutlich zu erkennen.

Foto: Autor, 1997

Ortskundige Leute berichteten, daß der Grüne in diesen kleinen steinernen Schalen oft goldene und silberne Münzen an der Sonne ausgelegt habe, um sich an seinem Reichtum zu laben.

Noch heute legen vorbeikommende Wanderer bisweilen kleine Münzen in die Schalen des Flühboden-Findlings. – Vielleicht ahnen sie etwas von längst vergangenen Zeiten.

Weiter südöstlich, unterhalb von Flühboden, gibt es auf dem Mattstettenberg ebenfalls einen bedeutenden Block. Dieser enthielt eine einzige Schale und eine merkwürdige, meistens mit Wasser gefüllten Wanne.

Als ich bei einem Besuch die Oberfläche des Mattstetten-Steins untersuchte, fand ich heraus, daß der kleine Trog genau nach Norden ausgerichtet war und im Süden auf die höchste Stelle des Bantigers – dem Standort einer großen Erdburg - zulief.

Ich wollte weitere Untersuchungen anstellen. Dann erfuhr ich vor zwanzig Jahren von einem Vandalenakt: Jemand hatte die Oberfläche des Mattstetten-Blocks mit einem Hammer zertrümmert. – Ich konnte am Ort nur mehr die unfaßbare und sinnlose Zerstörung begutachten und war fassungslos.

Viel später kam noch etwas anderes dazu.

Nach langer Zeit besuchte ich wieder einmal den Grauholzberg. Diesmal wollte ich vom Schwarzkopf zu dem von mir entdeckten und so benannten Viererstein absteigen. Ich war mir nämlich seit langem sicher, daß der Teufel selbst die vier Krallen in den Block eingeritzt hatte. So mahnte er die Bewohner der Umgebung, sie sollten auf diesem Hügel vorsichtig sein und nichts zerstören.

Wie ich aber am Fuß des Bergs ankam, fand ich den Findling nicht mehr – und der ganze Wald hatte sein Aussehen verändert. Nichts war mehr so wie vorher.

In der Zwischenzeit hatten die burgerlichen Waldbesitzer nämlich den Grauholzforst mit schwerem Gerät ausgereutet und eine große Anzahl Bäume gefällt. Und ein Trax nimmt keine Rücksicht auf Bodenmerkmale, sondern pflügt die bewaldeten Flächen um wie einen Acker.

Meine Gefühle kamen durcheinander: Zuerst wurde im Grauholz ein Schalenstein mutwillig beschädigt, dann in der gleichen Gegend ein äußerst interessanter Block ohne Bedenken zerstört. – Und weiter unten war schon vor vielen Jahrzehnten der Stein des Riesen Botti versetzt worden.

Ist denn in der Landschaft nichts mehr heilig oder verehrungswürdig? Was hier im Grauholz geschah, ist doch ganz einfach Waldfrevel!

Solche und ähnliche Gedanken und Gefühle bewegen mich noch heute. Und noch immer stelle ich mir Fragen, auf die es keine Antworten gibt.

Manchmal wünsche ich mir sogar den Teufel zurück: Ach, wenn er doch seine Krallen ausfahren würde, um es den überheblichen und unbotmäßigen Leuten zu zeigen!

Ein Philosoph sagte über die Abartigkeiten der menschlichen Seele: Wer nicht naturgemäß handelt, verliert sich in dunkler, in teuflischer Frevelei.

Übrigens: Unterhalb des verschwundenen Vierersteins verläuft heute der Grauholz-Eisenbahntunnel.

Die Teufelsgrotte von Geristein

Geristein liegt etwa sieben Kilometer nordöstlich von Bern, hinter dem Bantiger und unweit der Straße von Bolligen nach Krauchthal. Es ist dies ein ausgeprägt gewinkelter Felsengrat, dessen beide schmalen Felsbänder im Osten zusammenlaufen und dort ein erhöhtes Plateau bilden.

Der Grat von Geristein selbst ist natürlich entstanden. Doch der Mensch hat daran geformt und seine Spuren gesetzt.

Zuletzt wurde auf der höchsten Stelle eine Burg errichtet, von der heute noch eindrucksvolle Reste eines Rundturms stehen.

Zum Bau des Turms wurde Sandstein vor Ort gebrochen. Dazu hat man das Plateau gegen Süden durch einen Halsgraben abgetrennt. Und im Osten eröffnete man unmittelbar nach einer Senke einen Steinbruch.

5: Die Teufelsgrotte in Geristein

Foto: Autor, 27.7.2012

Ansicht der Höhle von Westen, unterhalb des Burgplateaus.

Schon vorher gab es im Westen des späteren Burgplatzes einen mehrere Meter tiefer gelegenen Geländeabsatz. Dort sieht man eine merkwürdige Höhle gegen Osten, unter dem Burgplatz angelegt. Die Kaverne hat einen ovalen Grundriß, und der Eingang ist rundlich geformt.

Die Grotte von Geristein ist kein Werk eines Stümpers, sondern kunstvoll ausgeführt. Also stimmt nicht, was ein alter Plan behauptet: Sie sei als ein ehemaliges Wachtlokal ansehen.

Doch zu welchem Zweck wurde die Höhle angelegt? War sie vielleicht die Behausung des Teufels oder sogar ein Portal zur Hölle?

Ebenfalls überlegte ich Jahrzehnte, was man zu dem Rundturm von Geristein sagen sollte: Der Bau hat drei Meter dicke Mauern, mit Bossen an den Außenquadern.

Alte Abbildungen zeigen den Turm von Geristein noch in ursprünglicher Höhe. Dabei stellt man fest, daß dieser keine Öffnungen hatte, weder einen Eingang noch Fenster oder Schießscharten.

Was soll das? Ein Wehrturm, den man nicht betreten oder besteigen konnte. Das ist doch reichlich merkwürdig!

Ich überlegte immer wieder und erkundete dabei die Umgebung von Geristein.

Das Gebiet nördlich des Bantigers hat viele kleine Täler und Runsen, mit einzelnen Flühen, Felsenpfeilern und Felsenrippen. Hier konnten sich die Heiden zurückziehen – und vielleicht auch der Teufel.

In der Vorzeit hat man dort an einigen Stellen Felswände rechteckig ausgebrochen und so Nischen für die Aufstellung von Götzenbildern geschaffen. – Die sogenannte Teufelsküche im Grauholz wurde schon erwähnt.

Aber auch Höhlen können weit in die Vorgeschichte hineinreichen.

„Bevor die Menschen Tempel bauten, weihten sie den Göttern Höhlen und Grotten", schrieb der angeblich griechische Philosoph Porphyrius.

Die Grotte von Geristein diente also zuerst einem dunklen Kult.

Das aufstrebende Christentum verehrte ebenfalls gestaltete Naturformen.

Man denke an die berühmten Beatushöhlen am Thunersee.

Ebenfalls hatten die Felsenbogen eine besondere Bedeutung.

Also wurde zum Beispiel nördlich oberhalb von Flugbrunnen – das eigentlich Fluhbrunnen heißen sollte – ein kleiner, kaum anderthalb Meter hoher Durchgang durch einen Felsriegel geschaffen. – Die Gläubigen mußten dort in gebückter Stellung hindurchgehen und bekundeten damit ihre Demut vor einer Gottheit.

In Geristein selbst hat man in den nach Südwesten gerichteten Felsengrat zwei bogenförmige Durchbrüche geschaffen. Diese wurden derart behauen, daß sie wie der Rüssel und der Mund eines Elefanten aussahen. Und den anschließenden hohen Felsenzahn hat man zu einer leicht gebogenen Säule geformt, die von weitem wie ein Stoßzahn aussah.

Der Elefant von Geristein wurde zu einem bevorzugten Pilgerziel für die Christen im jungen Bern.

Sogar das Wort *Pilger* weist auf die Stadt – und auf Geristein.

Hier ist anzumerken, daß Deutsch und Hebräisch zur gleichen Zeit entstanden ist – und wahrscheinlich in Bern.

Pilger nämlich ist ein hebräisches Wort und bedeutet *Elefanten-Wallfahrer!* Wo im ganzen Land konnte man eine Wanderung zu einem solchen Tier machen denn von der alten Stadt Bern zum Elefanten von Geristein?

Die Höhle von Geristein selbst blieb nicht lange verwaist. Der Teufel vom benachbarten Grauholzberg bemerkte sie und befand diese als geeignetes Nachtquartier für seine Streifzüge rund um den Bantiger.

Weil die Pilger tags kamen, der Grüne aber nachts, störten sich die beiden Parteien zunächst wenig.

Doch mit der Zeit ärgerte sich der Teufel über die frommen Leute. Er fand begreiflicherweise deren Gebete und Handlungen anstößig.

Auch wagten sich einige Pilger bis zu der großen Höhle und machten Anstalten, diese für sich zu beanspruchen.

Der Teufel begann zu grollen und zu grölen und erschreckte dabei etliche fromme Besucher.

Dann aber hatte der Grüne einen anderen Plan: Er besiedelte seine Höhle mit einer ganzen Schar von Teufelchen. Diese waren klein wie Siebenschläfer und tagsüber ungemein munter. Sie kletterten überall auf den Felsen rund um Geristein herum und neckten und bedrängten die Pilger. Diese konnten sich der unheimlichen schwarzen Wesen kaum erwehren.

Die Kunde von den Teufelchen kam bald in der Stadt Bern an. Dort berieten Rät und Burger, wie man dem teuflischen Unwesen auf Geristein ein Ende bereiten könnte.

Nun kam es oft vor, daß man genau über einer heidnischen Kultstätte eine Kirche errichtete. Dadurch bannte man das Wiedererwachen von alten Geistern und Ungeheuern.

Also überlegten die Berner:

„Auf Geristein können wir keine Kirche oder Kapelle hinsetzen. Aber wie wäre es mit einer wehrhaften Burg? Diese würde den Teufel ebenso abschrecken wie ein Bauwerk für einen christlichen Heiligen."

Und überhaupt: Da gibt es auch das Kirchenlied *Ein' feste Burg ist unser Gott!*

Wie gesagt, so getan. Auf dem Plateau in der östlichen Kehre des Grats von Geristein bauten erfahrene Steinmetze alsbald eine Burg mit einer Ringmauer und einem dräuenden Rundturm.

Absichtlich fügte man weder einen Eingang noch Fenster oder sonstige Öffnungen in den Turm ein, damit der Teufel sich nicht des Bauwerks bemächtigen konnte.

Die letzten Pilger, die Geristein vor der Reform des Glaubens besuchten, hörten zwar noch ab und zu ein unheimliches Grollen und schrille Rufe in der Umgebung. Dann verschwanden die Teufelchen und sein Gebieter. Der massige Turm und die abweisende Ringmauer taten ihre Wirkung.

Um Geristein wurde es nun ruhig. Der Wald besetzte allmählich den Grat. Der Turm wurde zu einer Ruine, von dessen Höhe auch heute noch ein Bäumchen sprießt.

Mehrere Künstler wie Kauw, Lory und Wagner haben den Rundturm *Gerenstein* in Bildern festgehalten.

Wanderer und Pfadfinder entdeckten danach den Ort zwischen Bolligen und Krauchthal für sich.

Aber wer weiß noch etwas über das Geheimnis der Grotte im Burgfelsen von Geristein?

Das Teufelsgeschenk des letzten Thorbergers

Der Thorberg ist ein markanter, felsiger und nach Nordwesten zeigender Hügel, der sich südlich von Krauchthal etwa siebzig Meter über dem Grund des Tals erhebt.

Auf dem Berg gab es in alten Zeiten ein Kloster der Karthäuser. Nach der Erneuerung des christlichen Glaubens wurden die Gebäulichkeiten zum Sitz einer Landvogtei umgebaut.

Seit der Mitte des 19. Jahrhundert dient der Thorberg als Strafanstalt.

Doch zuerst stand auf dem Hügel die weitläufige Burg der Ritter von Thorberg. Zu deren Gütern gehörte das Dorf Krauchthal und weitere Besitztümer in der Umgebung.

Aber wie kam es, daß die Ritterburg auf einmal verschwand und ein Kloster die Stelle einnahm?

Nun, in der Ortschaft erzählt man dazu die Sage vom letzten Thorberger und seinem Verhängnis.

Unter dem Ritter Peter von Thorberg erreichte das Geschlecht seine größte Bedeutung.

Es hieß, der adelige Herr habe große Schätze, die er aber nicht auf seiner Burg, sondern an einem Felsen in der näheren Umgebung verwahrte. – Ob das stimmte, konnte niemand sagen.

6: Der Thorberg

„Torberg"

Aquarell von Albrecht Kauw, 28,1 x 47,7 cm

Datiert „1669": In die 1770er Jahre zu setzen.

Die Ansicht von Nordwesten zeigt das damals schon abgegangene Karthäuser-Kloster.

Wiedergabe mit freundlicher Genehmigung des Historischen Museums, Bern

Foto: Stefan Rebsamen

Der Charakter des Stammhalters entsprach nicht seinem Besitz und seinem adeligen Ansehen.

Peter von Thorberg heiratete spät, stellte aber eine Familie von zwei Söhnen und einer Tochter auf.

Unter seinesgleichen war der Ritter wenig beliebt. Er galt als ungebildet und wenig einfühlsam.

Besonders aber pflegte der Thorberger zu prahlen. Er behauptete ständig, er könne Tierstimmen so gut nachmachen, daß auf seinen Jagdausflügen das Wild dadurch angelockt werde und er es bequem erlegen könne.

Aber immer weniger Leute glaubten Peters Lügen – und dieser merkte es. Also sann er nach einer anderen Möglichkeit, um sein fehlendes Jagdglück auszugleichen.

Da kam dem Ritter die Idee, sich eine Armbrust zu besorgen. Eine solche war derart treffsicher, daß es keiner besonderen Kunst bedurfte, um Wild zu erlegen.

Allerdings galt die Armbrust als verrufen. Die Bischöfe des ganzen Frankenreichs verdammten in einem Hirtenbrief diese Schußwaffe. Die Geistlichen erklärten, damit würde man mehr Tiere jagen als notwendig. – Und auch bei den Menschen gäbe es mehr Tötungen durch unsachgemäßen und übertriebenen Gebrauch der Armbrüste.

Der Ritter überlegte gleichwohl ständig, wie er in den Besitz einer Armbrust kommen könnte.

Etwa sechshundert Meter südlich der Burg und hundert Meter höher als der Thorberg erhebt sich der steile und lange Grat des Tannensteigs westwärts gegen das Lindental. Peter kannte diesen Bergsporn von seinen Ausflügen gut und hörte auch, daß man dort einem Waldgeist begegnen könne.

„Könnte ich nicht jenes Männlein fragen, ob es mir mein Begehren erfülle?" sagte sich der Ritter und unternahm einen nächtlichen Gang zum Tannstygli.

„Waldmännlein du liebes", sagte der Thorberger bei jedem der drei Erhebungen, welche den Grat gliederten.

Bei dem dritten, dem westlichsten Hügel des Tannensteigs, dort wo der Sandsteinfelsen zu einem rundlichen Kübel geformt war, hörte er plötzlich eine zierliche, aber klare Stimme:

„Nun, mein edler Herr, was willst du denn hier mitten in der Nacht?"

„Ach Waldmännlein du liebes, kannst du mir nicht eine Armbrust besorgen, damit ich standesgemäß auf die Jagd gehen kann?"

„Das ist aber ein ungewöhnlicher Wunsch, den ich selbst nicht erfüllen kann! Wenn du aber darauf bestehst, will ich schauen. Komm' ein nächstes Mal zur gleichen Stunde hier vorbei!"

So unvermittelt wie er erschienen war, verschwand der Waldgeist.

Anfänglich mit gemischten Gefühlen kehrte Peter in sein Schloß zurück. Er wußte wohl, auf was er sich einlassen und mit wem er es zu tun haben würde.

Doch der Ritter schob seine Bedenken zur Seite.

Ein paar Tage später, wieder zu nächtlicher Stunde, begab er sich von neuem auf den Tannensteig.

Wieder hub Peter an: „Waldmännlein du liebes, bist du wieder da?"

Er sprach diese Worte dreimal auf seinem Gang. Und beim dritten Mal stand wiederum der Waldgeist vor ihm.

„Also, Peter, überlege gut! Jemand will deinen Wunsch erfüllen. Steige zu mitternächtlicher Stunde auf jeden der drei Erhebungen hier und sage auf jeder Kuppe die folgenden Worte:

„Und eine und zweie und dreie."

Wieder verschwand der Waldgeist unvermittelt.

Peter von Thorberg blieb verdutzt stehen. Er konnte sich keinen Reim aus diesen Worten machen.

Zu Hause überlegte der Adelige lange. Und auf seinen Spaziergängen beschäftigte ihn der Vorschlag des Waldmännleins ebenfalls.

Danach aber entschloß sich Peter, auf den Vorschlag einzugehen.

In einer stockfinsteren Nacht begab er sich wieder auf den Tannensteig. Dort stieg er zuerst auf die erste, dann auf die zweite, hernach auf die dritte Erhebung. Und auf jeder Kuppe sprach er mit lauter Stimme:

„Und eine und zweie und dreie".

Aber nichts dergleichen geschah.

Also stieg der begierige Ritter ein zweites Mal auf das Tannstygli.

Wiederum rief er auf jedem Hügel:

„Und eine und zweie und dreie."

Weil wiederum nichts geschah, stieg der Thorberger ein drittes Mal auf den erwähnten Grat.

Und wiederum hallte es in der Nacht:

„Und eine und zweie und dreie."

Kaum stieg der Adelige vom dritten Hügel hinab, da sah er in dem merkwürdigen Sandsteingebilde den Teufel lugen und sagen:

„Wohlan, edler Ritter, hier hast du, was du begehrst. Nun liegt es an dir, wie du das Ding gebrauchst."

Nach diesen Worten verschwand der Grüne eilends hinter dem steilen Abhang.

Der Thorberger blieb zuerst wie betäubt von der kurzen Begegnung stehen. Dann wagte er es, in den Felsenkübel hineinzugehen. Und siehe da! Auf dem Boden lag eine richtige Armbrust, aus schönem Holz gearbeitet und mit einem verzierten Schaft. Daneben fand sich ein lederner Köcher mit zwölf Pfeilen drin.

Peter hob entzückt sein langersehntes Geschenk. Und mit leichtem Herzen machte er den nächtlichen Rückweg zu seiner Burg.

Der Ritter wartete nicht lange. Nach ein paar Tagen begab er sich mit einem Knappen und einem Maultier auf Jagd in seiner Umgebung.

Bald erspähte er in einiger Entfernung einen Fuchs mit einem Welpen. Peter spannte seine Armbrust und traf das Tier mit einem sicheren Schuß. Auch das Junge wurde ebenso schnell geschossen.

Zufrieden kehrte der adelige Jäger zum Thorberg zurück. Für den Anfang schien das für ihn gut zu sein. Aber der Armbrustschütze wollte mehr.

Bei einem nächsten Jagdausflug war dem Peter sein Glück wieder hold: An einem Waldrand erspähte er ein Wildschwein mit zwei Frischlingen. Ruhig spannte er seine Bogenwaffe und traf die Bache, noch bevor sie wegrennen konnte. Und die beiden aufgescheuchten Jungen wurden ebenfalls von Pfeilen getroffen.

Mit dieser Beute auf dem Rücken des Maulesels kehrte der Ritter und sein Knappe zufrieden zu seinem Schloß zurück. Der adelige Jäger fühlte sich nun wirklich stolz und gedachte das auch den Leuten seines Standes mitzuteilen.

Wochen vergingen. Peter von Thorberg schien immer noch zufrieden. Doch nach und nach kam ein Wunsch nach noch mehr Waidmannsheil in seinem Herzen hoch.

Endlich wurde in dem Ritter das Gefühl nach weiterer Bestätigung übermächtig. Er wollte etwas noch Größeres erlegen, ob nützlich und notwendig oder nicht.

Also begab sich Peter an einem schönen Tag, diesmal mit zwei Knappen und zwei Maultieren, wieder auf die Jagd. Dabei ließ er etliches Kleinwild beiseite: Einen Hasen und einen Wiedehopf beachtete er nicht mehr,

Am Nachmittag, an einer Waldlichtung mit saftigem Gras an einem Bach, entdeckte der Ritter was er suchte: Eine Hirschkuh weidete dort mit ihren drei Jungen.

Allerdings galt nach den Satzungen in den Sommermonaten eine Schonzeit für Rehe und Hirsche.

Doch der Thorberger vergaß in seinem Entzücken über die mögliche Jagdbeute jegliche Bedenken.

Die Hirschkuh hatte sich unterdessen schützend vor ihre drei Jungen gestellt. Aber der Ritter achtete nicht auf den Mut des Tiers, spannte seine Armbrust und tötete es mit einem gezielten Schuß.

Auch die drei Jungtiere entgingen nicht ihrem Schicksal und wurden von dem frevlerischen Jäger eines nach dem anderen erlegt.

Die drei Männer luden ihre Beute auf die beiden Maultiere und schickten sich zur Heimkehr an.

Da trat hinter einem großen alten Baum der Waldgeist hervor, den Peter von vorher kannte. Und mit der gleichen hellen und klaren Stimme sagte er zum Thorberger:

„Mein Ritter, hast du die Worte vergessen, welche du auf dem Tannensteig rufen mußtest? Nicht auf eins, noch auf zwei, aber auf drei folgt das Verhängnis!"

Die drei Mannen blieben verdutzt stehen und sahen sich an. Aber nach ein paar beklommenen Augenblicken machte sich der Thorberger mit seinen beiden Knappen auf den Rückweg.

Auf dem Schloß angekommen, merkte Peter, daß etwas nicht in Ordnung war. Es herrschte eine unnatürliche Stille. Die Dienstmagd, welche sonst freundliche Worte an die Heimkehrer richtete, saß stumm und mit gesenktem Haupt auf dem Treppeneingang zum Wohngebäude.

Jetzt ahnte der adelige Jäger Schlimmes und eilte mit schnellen Schritten zum Haus und zu den Gemächern hinauf. Da sah er im Elternbett seine Gemahlin tot liegen – und in der Kemenate nebenan seine zwei Söhne und die Tochter ebenfalls leblos.

Nun erst begriff Peter, den Spruch, den er auf dem Tannensteig aufsagen mußte: Aller guten Dinge sind drei. – Bitter bereute er, das Teufelsgeschenk angenommen zu haben. – Da war es aber zu spät.

Es nützte dem Thorberger nichts, daß er das nunmehr vermaledeite Teufelsgeschenk der Armbrust über die Felsen seiner Burg warf.

Am übernächsten Tag bei der Beerdigung in Krauchthal sah man einen völlig verstörten Ritter, der zum letzten seines Geschlechts geworden war.

Die Seele des Thorbergers kam nicht mehr zur Ruhe.

Der Dorfpfarrer riet dem Verstörten, er solle seine Burg aufgeben und diese einem Kloster vermachen.

Peter willigte ein.

Bald kam eine Gemeinschaft des Ordens der Karthäuser auf den Felsenhügel. Diese gestalteten in der folgenden Zeit das Schloß zu einer Karthause um, mit einer Kirche und mit etlichen, an die ehemalige Ringmauer angelehnten Zellen für die Mönche.

Der ehemalige Besitzer des Thorbergs war nun ein Ausgestoßener. Der begangene Jagdfrevel verdichtete sich in seinem Innern zu einem Fluch.

Etliche Bauern in der Umgebung des Klosters sagten, sie sähen den Peter ab und zu im Dunkel der Nacht über Wiesen und Wälder irren.

Später bezeugten einige Krauchthaler, sie hätten den Adeligen gesehen, wie er sich das Leben nahm, indem er von einem Felsvorsprung sprang.

Aber welche Fluh in der Umgebung des Dorfs es gewesen sei, darüber berichtete jeder anders. Einer behauptete, er hätte den Freitod des Ritters auf der Geismundfluh im Lindental gesehen, ein anderer auf der Kreuzfluh bei Krauchthal, ein dritter auf der Sodfluh oberhalb von Hub.

Doch noch heute, wenn starke Winde wehen oder gar Stürme toben, sagen die Bauern der Gegend: „Der letzte Thorberger macht sich wieder bemerkbar; er leidet offenbar entsetzliche Seelenpein."

So wenig wie sich manche um die Seelen der Verstorbenen kümmern, so sehr gieren sie nach ihren Reichtümern.

Vor hundertfünfzig Jahren meinte ein Genfer Bürger sicher zu sein, daß des Thorbergers Schätze auf dem erwähnten Tannensteig verborgen seien. Also ließ er dort ein paar Gänge in den Sandstein treiben. Gefunden hat der verwirrte Mann nichts. Aber die Spuren seiner Schatzgräberei sind noch heute sichtbar.

Der Zauberjäger vom Thorberg

Über den letzten Ritter von Thorberg gibt es noch eine andere Sage, die ich der Leserschaft nicht vorenthalten will. Auch diese Geschichte handelt von der Jagd und den unerlaubten Mitteln, die dabei angewandt wurden.

Ein alter Thorberger Ritter besaß die geheimnisvolle Kraft, die Tiere des Waldes mit seinem zauberhaften Lockruf bis vor das Tor seiner Burg heranzulocken, wo er sie jeweils erlegte.

Für diese Freveltaten findet er bis auf den heutigen Tag keine Ruhe und muß für seine Sünden büßen.

Wenn das Wetter ändert, fährt der Ritter zur Mitternachtsstunde mit seiner kläffenden Meute von Hunden im wilden Sturm über das Land. Untermischt mit dem Heulen des Windes hört man die langgezogenen Töne eines Jagdhorns gellen. Und grausig ertönen die Lockrufe des verstorbenen Adeligen.

Die Leute rund um Krauchthal pflegen dann zu sagen: „Das ist sicher der alte Thorberger!"

Der heulende Sturmwind kann bisweilen so stark werden, daß sogar Türen eingedrückt werden. Also lassen die Bauern in solchen Nächten die Scheunentore offen.

Der Teufelskuß auf dem Tannensteig

Die Gegend um das Dorf Krauchthal, etwa elf Kilometer nordöstlich von Bern, zeigt etliche merkwürdige Formen im Gelände.

Zuerst befindet sich gleich südlich der Ortschaft auf einem ausgeprägten Felskopf der Thorberg – seit langem eine Strafanstalt. In jüngerer vorgeschichtlicher Zeit gab es dort ein Kloster der Karthäuser. Dieser Orden besaß etliche Güter in der Nähe. So heißt ein Gehöft am nordöstlichen Ende eines Sporns des Bantiger-Bergs noch heute Klosteralp.

Gleich unterhalb der erwähnten Alp steht neben dem Weg, der nach Krauchthal hinabführt, auf einem kleinen Sporn ein merkwürdiger Felspfeiler. Dieser besteht aus einem rundlichen Unterbau mit einer aufgesetzten Figur, die sich schwer deuten läßt: Man kann eine erhobene Handfläche ohne Finger und Daumen darin sehen – und von der Seite gesehen eine Flamme.

Der Felspfeiler bei der Klosteralp wird *Fluhbabi* oder *Zigergütsch* genannt und ist zweifellos alt. Vielleicht stellte er ein in Sandstein geformtes Mahnmal dar, zum Nutzen und Frommen der Leute, die von Bolligen nordostwärts über die Lutzeren-Höhe nach Krauchthal kamen.

Im Süden von Krauchthal erstreckt sich des Lindental nach Stettlen. Das Trockental wird zum großen Teil von Felswänden gesäumt.

Die östliche Flanke des Lindentals wird Geismundfluh genannt. - An jenem Felsenband haftet eine Sage: Es habe dort in alter Zeit eine in den Stein gehauene Nische gegeben, darin ein hölzernes Götzenbild gestanden habe.

Der Schreiber ist der Sache nachgegangen. Und tatsächlich: Gleich nach dem nördlichen Ende der Geismundfluh gibt es einen Felsensporn. An dessen Südende, dort Lindenfeld genannt, findet sich ein rechteckiges Felsenportal, etwa fünf Meter tief, sieben Meter breit, mit einer zehn Meter hohen Rückwand.

In dieser gegen Süden gerichteten Felsnische muß einst eine hölzerne Statue gestanden haben.

Eine Sage enthält also oft mehr Wahrheit als gedruckte Bücher und gelehrte Behauptungen.

Unmittelbar nordöstlich der Geismundfluh, durch ein weitverzweigtes Waldtal getrennt, erstreckt sich eine längliche und teilweise felsige, gegen Nordwesten gerichtete Krete. Drei fingerartige felsige Hügel - vorderer, mittlerer und hinterer Gurten-Hoger genannt - bilden den Abschluß des Bergs vor der Ebene des Lindentals. – Die Felsnische Lindenfeld befindet sich am Südende des Hinteren Gurten-Hügels.

Der oberste Teil jener fingerförmigen Krete heißt Tannensteig, in der Mundart Tannstygli (Tannstigli) genannt. Dieser beginnt im Osten bei der Kehre des Fahrwegs zum Gehöft Schwendi.

Der Waldberg Tannstygli liegt in Luftlinie 600 Meter südlich oberhalb des Thorbergs. Der Kamm erstreckt sich auf etwa 730 Meter Höhe in einer Länge von ungefähr 350 Metern, ist aber an einzelnen Stellen kaum zehn Meter breit.

Von der erwähnten Wegkehre verläuft die Krete Richtung Westen, mit einer Schwingung nach Nordwesten zum Ende, das Kanzel genannt wird. Ein schmaler Pfad führt dorthin.

Wenn der Wald nicht wäre, so hätte man vom Tannensteig eine schöne Aussicht nach drei Seiten.

Die Krete des Tannstigli ist nicht eben, sondern stellt eine Anordnung von drei Erhebungen mit dazwischenliegenden Senken dar.

Die mit etwa zehn Metern Höhe größte Kuppe auf dem Tannensteig ist die letzte von Osten her.

An der Spitze jenes Hügels gegen Nordwesten findet sich ein merkwürdiges, von Menschenhand geschaffenes Felsgebilde.

Diese an einen Kübel gemahnende Sandsteinform ist oval und mißt 2,2 mal 2,6 Meter bei einer Höhe von etwa 1,5 Meter.

Die Schmalseite gegen Südosten hat die Form einer Schießscharte. Die eine Längsseite zeigt eine rundliche Öffnung; die gegenüberliegende Seite hat einen Eingang.

Eine Rille in Form eines Kanals trennt den Felskübel vom anstehenden Felsen.

Die Heimatforscher hielten dieses Gebilde für einen Sod oder eine Zisterne.

Aber wie um Himmels willen hätte man in diesem steinernen Behälter mit zwei seitlichen Löchern Wasser speichern können!

Das Tannstygli war vielleicht eine vorgeschichtliche Wehranlage. Allerdings fehlt dem Grat gegen Osten ein

Abschnittgraben. Dieser ist wahrscheinlich bei der Anlage des Fahrwegs zerstört worden.

Der Tannensteig hat noch heute den Hauch eines rätselhaften Orts.

Ich und andere Leute ließen sich nicht abschrecken und stellten Überlegungen zu dieser angeblichen Zisterne auf dem Tannensteig an.

Ein Forscher im Elsaß fand heraus, daß in dem Felsengefäß astronomische Orientierungen enthalten sind. Also konnte man von dort aus zum Beispiel die Sonnenwenden bestimmen.

Aber das Rätsel des in den Sandstein gehauenen Hohlraums blieb bestehen.

Erst lange Jahre geduldiger Überlegungen führten weiter.

Schließlich war ich mir sicher: Die angebliche Zisterne ist als Brandgefäß zu deuten. Auf dem Tannstygli wurde also in alten Zeiten bei gewissen Gelegenheiten ein großes Feuer entfacht.

Schon lange hegte ich die Vermutung, daß die Landschaft rund um Krauchthal einige Geheimnisse birgt: Die felsigen Hügel und die vielen Waldtäler waren sicher gute Verstecke für dunkle Mächte – vielleicht sogar für den Teufel

Schon erwähnt wurde die Schatzgräberei, die vor hundertvierzig Jahren am Tannensteig betrieben wurde. - Noch heute sieht man auf dessen felsiger Südseite einige Löcher von jenen sinnlosen Erkundungen.

Es machte den Anschein, als ob ich selbst die Sage um jenen geheimnisvollen Ort erfahren müßte.

Wieder vergingen Jahre.

Da stattete ich an einem schönen Tag im Frühsommer dem rätselhaften Tannensteig einen neuen Besuch ab.

Zu Fuß stieg ich vom südlich gelegenen Waldtal über den Gurtenhoger zu dem in frühlingshaftes Grün getauchten Sporn des Tannstygli hinauf.

Droben machte ich als Spaziergang den ganzen Weg über den Kamm hin und zurück und überlegte nochmals die Dinge, die mich auf diesem Platz seit Jahrzehnten beschäftigten.

7: Der sogenannte Sod auf dem Tannstygli (Tannensteig)

Sicht gegen Nordwesten, gegen die sogenannte Kanzel.

Koordinaten: 609630/205150

Foto: Autor, 7.8.2016

Nachher setzte ich mich am Abhang des westlichen Hügels oberhalb der Fels-Zisterne und nahm eine mitgebrachte Mahlzeit zu mir.

Der Aufstieg, dann das Essen, hatten mich ermüdet. So legte ich mich hin, machte es mir bequem – und schlief ein.

Bald danach hatte ich einen Traum.

Also erhob ich mich wieder und machte den Weg von vorhin noch einmal – zuerst nach Osten, dann westwärts in Richtung der Kanzel.

Gleich nach dem Hügel mit dem Felsengebilde sah ich von weitem plötzlich einen Mann auf die Höhe kommen und sich in meine Richtung bewegen.

Der merkwürdige Wanderer war weder jung noch alt, von schlanker, großer Statur. Er bewegte sich eher langsam, aber behende, mit gesenkten Armen, trug weder einen Stock noch eine Tasche.

Die Kleidung des Mannes war ganz und gar nicht modisch: Er hatte weite Hosen an und einen langen Kittel, dessen unterer Saum leicht flatterte. - Man hätte den Unbekannten für einen Bauern aus längst vergangenen Zeiten halten können.

Ein sonderbarer Hut mit breiter Krempe und konisch zulaufendem Kopf – man nennt ihn auch Kalabreser – ließ nur teilweise das schmale, fast gelangweilte Gesicht des Fremden erkennen.

Sowohl Hose wie Kittel und Hut des seltsamen Wanderers waren wacholdergrün.

Der Mann schien unbeeindruckt von meiner Gegenwart zu sein. Er ging auf mich zu, indem er den Blick gesenkt und seitwärts hielt.

Bald war der Augenblick gekommen, in dem wir uns auf dem Pfad kreuzten.

Keiner von uns beiden dachte offenbar an ein Grußwort oder eine freundliche Handbewegung.

Da plötzlich packte mich der grüne Wanderer, legte die linke Hand auf meinen Rücken, beugte sich fest über meinen Oberkörper – und küßte mich.

Alles ging so schnell. - Ich wußte zuerst nicht, was passiert war und was ich tun sollte.

Aber dann war es schon vorbei. Der Fremde ließ mich los und setzte in der gleichen Art wie vorher seinen Weg fort, wie wenn nichts geschehen wäre.

Als ich mich umdrehte, war der Mann schon halbwegs hinter dem Hügel verschwunden.

Erst jetzt begann ich mich zu regen. Verwirrt stieg ich wieder auf den Hügel hinter dem Felskübel und setzte mich.

Dann begannen sich in mir seltsame Gefühle zu regen. Ich empfand den erhaltenen Kuß zuerst als angenehm. - Dann stieg ein Ekel ob der mir ungewollt zugefügten frechen Tat hoch; zuletzt füllte sich mein Inneres mit einem gewaltigen Zorn.

Mein Leib wurde durchgeschüttelt, ich spürte eine Hitze in mir hochkommen.

Als ich nach unten blickte, sah ich wie das Innere des Felsengebildes zu glühen begann.

Im nächsten Augenblick war ich nicht mehr mein; ich verschmolz mit dem brennenden Felsen.

Jetzt fühlte ich mich mitten im Feuer: Der umgebende Wald verschwand, und die lodernden Flammen erleuchteten die ganze Umgebung des Tannensteigs.

Aber ich würde die Hitze doch nicht lange aushalten, müßte in kürzester Zeit verbrennen!

Bei diesem Gedanken erwachte ich wieder, von Schweiß gebadet, und schüttelte meinen Kopf und meine Glieder.

Richtig, ich hatte einen bösen Traum!

Weder war ich verglüht, noch brannte der Felskübel unter mir. Das Tannstygli zeigte sich wieder wie vorher, als einsamer, stiller Ort oben im Wald.

Erst jetzt begriff ich den Kern des Traumgeschehens: Ich erhielt einen Kuß von einem Fremden. – Aber dieser war niemand anderer als der Leibhaftige, also der Teufel.

Was sollte ich tun, wie mit meiner verstörenden Erfahrung umgehen?

Diese Gedanken und Empfindungen beschäftigten mich immer wieder, während ich den rätselhaften Ort verließ und ins Tal hinabstieg.

Auch nachher ließ mich der böse Traum nicht mehr los.

Es war für mich ein Trost, daß ich danach meine Ausführungen über den Tannensteig durchlas.

Ich hatte diese ovale Felsenform wie gesagt als Feuerbehälter gedeutet.

Jahre nachher meldete sich mein Bekannter aus dem Elsaß wieder und hatte eine ähnliche Erklärung. Er sagte, jenes Gebilde gehöre zu den sogenannten Vogelsteinen. Der Name habe aber nichts mit Vögeln zu tun, sondern leite sich ab von lateinisch *facula* = Fackel. Auf solchen Steinen pflegte man in alten Zeiten weithin sichtbare Feuer zu entfachen – vielleicht um damit böse Geister oder gar den Teufel zu vertreiben.

Bei dieser Gelegenheit betrachtete ich nochmals ausführlich den Plan des Tannensteigs. Ich wußte von der Burgenkunde her, daß man in jeder von den Alten gewählten Geländeform eine Figur erkennen kann.

Die außergewöhnliche, längliche und geschwungene Form des Tannstygli-Kamms mit seinen Höckern erinnert mich unwillkürlich an eine Schlange, mit dem Kopf gegen Nordwesten.

Da dachte ich sogleich an den Namen des Tals, gegen welches jene Rippe gerichtet ist. - Richtig, weshalb heißt es Lindental? Doch deshalb, weil die Alten in der Form des Tannensteigs einen feurigen Lindwurm sahen!

Die Deutungen beruhigten mich. Dennoch quält es mich ab und zu, wirklich oder traumhaft einen Teufelskuß erhalten zu haben.

Ich zögerte lange, mein Erlebnis auf dem Tannstygli zu Papier zu bringen. Doch schließlich kam ich zur Überzeugung, daß die anderen wissen sollten, was ich an jenem Ort erlebt habe.

Vielleicht wußte man früher in Krauchthal vom Teufel. Nicht von ungefähr heißt die Felsspitze im Norden des Dorfs Kreuzfluh.

Mit dem Kreuz, das dort in alten Zeiten stand, sollte der Grüne gebannt werden.

Das scheint in Krauchthal nicht mehr nötig zu sein. - Die Sage vom Teufelskuß ist dort vergessen.

Da überlege ich, ob der Tannensteig ursprünglich nicht vielleicht Teufelssteig geheißen hat.

Bin ich der einzige, welcher noch heute das Wirken des Leibhaftigen in jener Landschaft spürt?

Die Teufelsburdi bei Winzenried
oder der schwarze Heiland vom Gurnigel

Auf einer Seitenmoräne des Längenbergs, westlich oberhalb von Belp und nordöstlich des Weilers Winzenried, steht am Waldrand ein eindrucksvoller Findling.

Der erratische Block wird Teufelsstein oder Teufelsburdi genannt. Nach den Geologen stammt das Gestein aus der Umgebung von Grindelwald und hat auf dem Weg von dort bis zu seinem heutigen Standort ungefähr 75 Kilometer zurückgelegt.

Der Findling ragt viereinhalb Meter aus dem Boden und sieht von Nordwesten aus wie eine Pfeilspitze – vielleicht auch wie ein Menhir. In letzterem Falle wäre der Block von Menschenhand aufgerichtet worden.

Die universitären Forscher sind sich sicher: Es waren riesige Gletscher, welche in den sogenannten Eiszeiten solche Blöcke aus den Alpen über weite Strecken ins Mittelland und auf Hügel transportierten.

Der Schreiber jedoch ist mit dieser Erklärung nicht einverstanden. Nach ihm waren es vorgeschichtliche Katastrophen, welche – ähnlich einer Rüfe oder einer Gesteinslawine – die Findlinge, aber auch die Massen von Kies und Sand, ins Unterland geschwemmt haben.

Gletscher wären gar nicht in der Lage, solche Massen und solche schweren Blöcke über weite Strecken zu verfrachten.

Gleiches überlegten schon Naturforscher des ausgehenden 18. Jahrhunderts.

8: Die Teufelsburdi bei Winzenried

Koordinaten des Standorts: 603629/193166

Ansicht von Nordwesten.

Foto: Autor, 13.2.2024

Wie dem auch sei, der erratische Block bei Winzenried auf dem Längenberg steht als stummes Zeugnis für Naturvorgänge der Vorzeit, die wir nur erahnen können.

Früher gab es viel mehr solcher Steine. Aber die meisten verschwanden im Laufe der Zeit: Sie dienten als willkommenes Baumaterial.

Der Findling bei Winzenried blieb erhalten. Er steht seit 1951 unter staatlichem Schutz.

Ein Höhenweg führt heute an der Teufelsburdi vorbei.

An sonnigen Tagen sieht man oft Wanderer, die hier rasten.

Und junge Leute benutzen den Block gerne für Kletterübungen.

Die wenigsten aber wissen, daß sich um den Teufelsstein auf dem Längenberg eine Sage rankt. Diese führt in vorgeschichtliche Zeiten und hat etliche Seiten.

Der Längenberg ist ein hügeliges, von vielen kleinen Tälern zerschnittenes längliches Gebiet südlich von Bern.

Auch der Gurten – der Hausberg von Bern – gehört dazu. Allerdings ist er durch das Gurtental vom Längenberg getrennt.

Der Bergzug endet im Süden am Gurnigel, einem bewaldeten Voralpenhügel mit einem Paßübergang. Hier entspringen das Schwarzwasser und die Gürbe.

Wegen seiner Höhenlage wurde der Längenberg erst nach den Römern besiedelt. Das rauhe Wetter erlaubt dort nur Weidewirtschaft.

Am Gurnigel entwickeln sich oft schwere Gewitter, die dann über das Schwarzenburger Land hinwegziehen.

Und jedes große Unwetter läßt auch die Gürbe anschwellen. Also wurden oft auch Belp und sein Moos von Überschwemmungen heimgesucht.

Die Bewohner des Längenbergs argwöhnten bald, daß der Teufel hinter den Unwettern und den Überschwemmungen stehe. Einige wollten in dunklen, stürmischen Nächten den Leibhaftigen mit eigenen Augen gesehen haben. – Aber niemand konnte Genaues sagen.

Auch ich begann, den diabolischen Fingerzeigen auf dem Längenberg nachzugehen.

Als erstes fand ich einen etymologischen Hinweis. In meinem Buch *Die Ortsnamen der Schweiz* erkläre ich den Bergnamen Gurnigel als Doppelwort, zusammengesetzt aus *Christus* und dem lateinischen *niger*, was schwarz bedeutet: Es ist dies also ein schwarzer Christusberg!

Da verwundert nicht, daß an jenem Hügel der Fluß *Schwarzwasser* entspringt.

Nicht nur die Besiedelung, auch das Christentum erreichten den Längenberg spät.

Die Urbarmachung war vor allem das Werk des Ordens der Cluniazenser. Diese gründeten dazu in Rüeggisberg ein Kloster.

Das erwähnte Dorf liegt auf einer gegen Süden gerichteten aussichtsreichen Terrasse, das einen schönen Blick auf den erwähnten Gurnigel bietet.

Man konnte sicher sein, daß es dem Teufel auf dem Gurnigel nicht paßte, ein Gotteshaus vor seinen Augen zu haben. Der Grüne suchte nach Mitteln und Wegen, um seine finsteren Absichten durchzusetzen.

Die Mönche von Rüeggisberg waren sehr gastfreundlich. Sie gewährten Pilgern und Besuchern Speis und Trank und hatten offene Ohren für Hinweise und Unterstützung.

Manchmal setzte sich auch ein merkwürdiger Wanderer an den Stammtisch in der klösterlichen Gaststätte. Er war großgewachsen, von eher hagerer Statur und trug einen langen, dunkelgrünen Mantel mit einem leicht zugespitzten Hut, Dazu hatte der Fremde Handschuhe an, die er nie abzog.

Der einsame Besucher war wortkarg. Erst später begann er beiläufig zu erwähnen, wie er Bäume und Steine für den Bau herbeitragen könnte.

Das Priorat war nämlich noch längst nicht fertig. Besonders das Kirchenschiff wartete auf seine Vollendung.

Die Mönche waren arbeitsam und fleißig. Doch Hilfe konnten sie gleichwohl immer brauchen. – Aber sollten sie dem merkwürdigen Mann vertrauen? Und was verlangte er dafür?

Bei einem nächsten Umtrunk des seltsamen Pilgers im Kloster sprachen sie diesen an und zeigten sich offen für gewisse Hilfeleistungen.

Der Wanderer hielt Wort und lieferte Holz und Steine. So konnten die Mönche den Klosterbau vollenden.

Der Grüne vom Gurnigel ließ sich dafür mit Silber und Gold, aber auch mit Speis und Trank in der Klosterherberge entschädigen.

Die Bauern der Umgebung mutmaßten, daß der Teufel auf einer Erdburg am Bütschelbach, der Ramisburg, seine Schätze versteckte.

Alles schien gut zu gehen. Erst viel später wurde allgemein, wie die Ordnung des Klosters Rüeggisberg Schaden nahm. So wurden die Pfarrer der umgebenden Kirchen nicht nach ihrer Glaubensstärke, sondern nach ihrer Handelstüchtigkeit ausgewählt.

Und in den Gaststätten des Längenbergs kam es vermehrt zu Streitereien, bei denen arge Flüche gegen den Herrn ausgestoßen wurden.

Auch die Mönche gewöhnten sich an ein Wohlleben mit ausgewählten Speisen und gutem Wein.

Dem Stammkloster von Cluny im Burgund kamen die Mißstände in Rüeggisberg zu Ohren. Sie sandten eine Abordnung zu den Ordensbrüdern auf den Längenberg.

Was sollte der Prior von Rüeggisberg tun? Er hatte die Wahl, auf die Annehmlichkeiten und Hilfen des Teufels zu verzichten oder die sittliche Ordnung des Klosters wiederherzustellen.

Selbst Bern hörte von den schlimmen Zuständen auf dem Längenberg. Die Stadt war unterdessen zur Schirmherrin der umgebenden Klöster geworden.

Die Ratsherren machten sich Gedanken: Brauchen wir die Klöster und die päpstliche Hoheit für den rechten Glauben?

Also sandte auch Bern eine Abordnung zum Kloster Rüeggisberg.

Statt sich zu einigen, kam es an dem christlichen Ort zu einem großen Durcheinander. Weder die beiden Gesandtschaften noch die Mönche wurden sich einig, was getan werden müsse. Schließlich entstand ein wüstes Gezänk.

Der Grüne hörte von dem Streit im Gotteshaus. Heimlich schlich er sich zum Kloster heran.

Hernach glaubten einige Mönche und Gesandte vor der klösterlichen Gaststätte ein lautes, unanständiges Grölen zu hören.

Dem düsteren Gast kam der Streit gelegen. Jetzt wollte er zeigen, wer auf dem Berg der wahre Herrscher ist.

In der folgenden Nacht grollte es vom Gurnigel herab gar fürchterlich.

Am nächsten Morgen verfinsterte sich der Himmel und ein furchtbares Unwetter zog über den Längenberg bis nach Bern. Es gab viele umgestürzte Bäume und Schäden an Bauernhöfen und Stallungen. – Auch am Kloster wurden Dächer und Fenster beschädigt.

Etliche Bauern glaubten während des Sturms eine Gestalt gesehen zu haben, die eine riesige Bürde trug und sich vom Gurnigel nordwärts bewegte.

Die Augenzeugen hatten Recht!

Tage später berichteten Pilger und Reisende von oder nach Kehrsatz, daß unweit des Weilers Winzenried plötzlich ein auffällig großer Stein im Boden eingepflanzt war: ein hoher, oben zugespitzter Findling, der wie ein Mahnfinger oder eine Pfeilspitze aussah.

Wohl oder übel gewöhnten sich die Leute auf dem Längenberg an diesen Block, der nicht zu übersehen war. Man sprach selten darüber. Aber alle ahnten oder wußten, daß der Teufel dahintersteckte.

Nur die Stadt Bern sprach die Mißstände auf dem Längenberg offen aus: Die Burger wurden gewahr, daß man nicht unter heiligem Vorwand und mit päpstlichem Segen dem Grünen liebedienern durfte.

Jahre später wurde das Kloster Rüeggisberg von Bern aufgehoben. Die klösterlichen Güter wurden verkauft, das weitläufige sakrale Bauwerk großenteils abgerissen. Einige Mauern aber ließ man stehen und richtete dort Stallungen und Scheunen ein.

Der Teufel vom Gurnigel hatte das Nachsehen. Er fand keine offene Gaststätte mehr. Niemand mehr fragte nach seinen Diensten.

Eine Zeitlang konnte der ungeliebte Bewohner des Längenbergs noch von seinem Gold und Silber leben.

Hernach wurde der Teufel nur mehr selten gesehen. Er verzog sich in abgelegene Winkel der Gegend.

Auf der Ramsburg – dem einst beliebten Aufenthaltsort des Grünen - versuchten Schatzgräber noch lange ihr Glück. Der Burghügel sieht deshalb heute ziemlich durchwühlt aus. – Niemand aber weiß, ob man dort Gold und Silber gefunden hat.

Wenn ab und zu vom schwarzen Hügel herab ein Unwetter kam und die Gürbe das Tal überschwemmte, so glaubten die Bewohner des Längenbergs weiter, daß hier der Teufel dahinterstand.

Nach langem Studium von alten Chroniken und der Überlieferung, die sich um das ehemalige Kloster Rüeggisberg rankt, fand ich heraus, daß der dortige Teufel sogar einen Namen hatte.

Der Riese vom Längenberg hieß Hildebrand. Dieser wurde als heiliger Satan oder als schwarzer Heiland bezeichnet, denn er galt als Christus und Teufel zugleich.

Hildebrand wird auch als Schwarzkünstler geschildert, der Zauberei und Magie betrieb. So soll er einen Spiegel besessen haben, mit dem er Leute in seiner Umgebung beobachten konnte.

Auch war Hildebrand ein Gleissner. Das sagt schon der Name, der *golden lodernd* bedeutet. Der unheimliche Magier liebte nämlich alles, was glänzte, also besonders Gold und Silber.

An besonderen Orten auf dem Längenberg, zum Beispiel auf der erwähnten Ramisburg, soll Hildebrand das Goldsonnen gepflegt haben.

Es war den Berner Chronisten und Geschichtsschreibern bald unangenehm, Hildebrand als einen Bewohner des Längenbergs darzustellen.

So erfanden sie eine neue Geschichte, nach welcher jener Mann in Italien geboren und dort gewirkt habe.

Hier schon ein erster Einwand: Was soll ein deutscher Name in Italien?

Also sei Hildebrand in Tuszien, der heutigen Toskana, wie der Heiland in einer Hütte geboren und mit neunundzwanzig Jahren in Rom auf dem Hügel Aventin in ein Kloster eingetreten. Vier Jahre später habe er mit der Erneuerung der christlichen Kirche begonnen.

Das Erscheinen eines außergewöhnlich hellen Sterns am Himmel habe den Anfang des Reformwerks jenes ehrgeizigen Mönchs begleitet.

Nach zwanzig Jahren wurde Hildebrand als Gregor der Siebte zum Papst des römischen Glaubens gewählt.

Ein Deutscher als Oberhaupt der Kirche?

Hildebrands Herkunft vom Längenberg konnten die Chronisten aber nicht gänzlich verwischen.

Als der Papst nämlich die Kirchenreform im römischen Reich durchsetzen wollte, geriet er in Streit mit Kaiser Heinrich dem Vierten.

Gregor oder Hildebrand mußte sich längere Zeit vor den Nachstellungen des Herrschers im Kloster Rüeggisberg verstecken.

Später änderte sich die Lage.

Der Kaiser bat den schwarzen Heiland um Verzeihung. Mitten im Winter soll der Herrscher vor einem Schloß erschienen sein, das sein Gegner gerade bewohnte.

Die Chroniken erwähnen als Ort die Burg Canossa im Apennin. - Aber vielleicht war es die genannte Ramisburg auf dem Längenberg.

Danach habe sich der Wind wiederum gedreht. Hildebrand floh vor dem Kaiser nach Rom und verschanzte sich in der Engelsburg am Tiber. Normannische Seeräuber befreiten ihn aus der belagerten Festung und geleiteten ihn nach Salerno in Süditalien, wo er bald darauf starb.

Hildebrand wurde 66 Jahre alt, also zweimal das Alter von Jesus Christus.

Der schwarze Papst hatte Doppelgänger in der erfundenen alten Geschichte. - Der Westgotenkönig Alarich, bekannt als Eroberer von Rom, ist einer.

Hildebrand wollte auch einen Kreuzzug gegen Byzanz unternehmen – gleich wie Alarich oder der hochmittelalterliche Kaiser Barbarossa.

Doch nicht in Italien, sondern in Bern und bei den Eidgenossen stand der schwarze Heiland vom Gurnigel in großen Ehren. Man fürchtete und verehrte ihn zugleich.

Etliche Daten der erdichteten Schwyzer Geschichte wurden nach der Lebensbeschreibung jenes religiösen Eiferers gesetzt. Denn Hildebrand vom Gurnigel betrieb auch Zahlenzauber. – Jahrzahlen wie 1353, 1420, 1476 gehen auf ihn zurück.

Wäre ich nicht selbst der Geschichte nachgegangen, wüßte wohl niemand mehr, daß es auf dem Längenberg bei Bern einmal eine düstere Gestalt namens Hildebrand gab, der ein Teufel im Gewand von Christus war.

Die Teufelsburdi bei Winzenried aber steht noch heute als Mahnmal für eine dunkle Vergangenheit, an die man sich nicht gerne erinnert.

Der Teufelsbogen oder
der Zwingherr bei Hinterfultigen

Westlich von Hinterfultigen auf dem Längenberg führt ein Weg hinab zur Steiglenau und zum Brücklein über das Schwarzwasser und weiter nach Schwarzenburg.

Kurz vor dem Abstieg zum genannten Fluß reicht dessen rechter Abhang auf mehrere hundert Meter bis an den Weg heran.

Dieser Teil des Flußabsturzes wird in der Mundart *Schlosschäl-len* genannt. Die Bezeichnung kommt von einem Felskopf, der gegen den Hang durch einen tiefen Halsgraben getrennt ist. Auf dem Felsen sieht man Reste einer rätselhaften in den Stein gehauenen Behausung, mit Pfostenlöchern und Ansätzen eines Türsturzes.

Der ganze Schlosskeller besteht aus etwa sechs Felsrippen und etlichen Rinnen und ist ungemein stotzig. Nur Füchse und Ziegen fühlen sich dort zu Haus.

Die Rippe gleich östlich des genannten burgartigen Felskopfs weist ein besonderes Merkmal auf: ein Felsentor von ziemlicher Größe und geschwungenen Formen.

Die Leute der Gegend nennen dieses große Loch den Zwingherrenbogen oder einfach den Zwingherrn.

Der Name rührt von der angeblichen Burg im Westen her. Man sagt, diese sei von einem Zwingherrn bewohnt gewesen, der auch diesen Bogen in den Felsen gehauen habe.

Doch die angebliche Burg war meiner Meinung nach eher eine Einsiedelei und gehörte zu dem ein paar Kilometer im Südosten gelegenen Kloster Rüeggisberg.

Und der Zwingherrenbogen ist nicht natürlich entstanden, wie ältere Forscher meinten. Dazu ist er viel zu schön gestaltet: Man sieht auf der Grundform eines Dreiecks eine schön gearbeitete Schlaufe. Und das Ende des Bogens gegen Norden sieht aus wie der Rüssel eines Elefanten.

Vielleicht wollten die unbekannten Erbauer auch die Vorderseite eines solchen Tiers darstellen.

Doch weshalb dieser Felsenbogen mitten in einem abschüssigen, unzugänglichen Gebiet?

Die Leute fragen zuviel. Wir wissen es nicht.

Doch habe ich und ein Astronom eine Beziehung zu einem Sonnenstand herausgefunden:

9: Der Zwingherrenbogen bei Hinterfultigen

Ansicht des Felsbogens von Südwesten.

Foto: Autor, 28.10.2006

Zur Zeit der sommerlichen Sonnenwende sieht man von dem Bogen in nordöstlicher Richtung auf dem fast tausend Meter hohen Burghügel Tschuggen die Sonne aufgehen.

Felsbogen gibt es überall in Europa.

Rund um Bern sind zu erwähnen der Bogen von Geristein, derjenige oberhalb von Flugbrunnen und die bekannte Pierre Pertuis im Berner Jura bei Tavannes, mit deutschem Namen Dachsfelden.

Der Zwingherrenbogen bei Hinterfultigen sollte eigentlich Teufelsbogen heißen. Denn nicht ein Adeliger, sondern der Grüne hat diesen Felsdurchbruch zu einer Zeit für sich eingenommen.

Auf dem Längenberg herrschte bekanntlich in alten Zeiten ein besonderer Teufel, nämlich der Schwarzkünstler vom Gurnigel, welcher Hildebrand hieß und später zum Papst Gregor gemacht wurde.

Jene dunkle Gestalt hielt sich oft auf der bereits genannten Ramsburg oder Ramisburg unten am Scherlibach auf.

Der Burghügel ist nur zweieinhalb Kilometer in nordöstlicher Richtung vom Zwingherrenbogen entfernt.

Die Bauern von Hinter- und Vorderfultigen sahen oft zu später oder zu früher Stunde einen unbekannten Wanderer mit spitzem Hut, Sack und Stock entlang der Waldränder gehen.

Es dauerte nicht lange, so entdeckte der Leibhaftige jenen Bogen in den Schlosschällen als bequemen Platz zum Verweilen. - Er hatte keine Mühe, den gefährlichen Ort zu erreichen.

Bei schönem Wetter in den Sommermonaten sahen Leute, die sich in das abschüssige Gebiet wagten, den Teufel an die rückwärtige Wand gelehnt rasten.

Niemand näherte sich dann dem Bogen. Doch bezeugten einige, daß es dort auf der Felssohle an gewissen Tagen manchmal auffällig glitzerte.

Nach einer gewissen Zeit wußten die Leute: Der Grüne stellt dort Goldstücke aus.

Die Kunde vom Goldsonnen des Teufels im Schlosskeller bei Fultigen verbreitete sich alsbald in der Gegend. Aber man hütete sich, dorthin zu gehen.

Allein, wenn von Gold die Rede ist, wird die Neugier der Leute aufgestachelt. Also wagte manchmal doch ein Unentwegter einen Gang zu dem unzugänglichen Bogen.

Und einmal zeigte ein Wanderer den Bauern eine Goldmünze, die er angeblich auf dem Zwingherrn gefunden hatte.

Nach geraumer Zeit kam ein anderer Mann vom Schlosskeller zurück und zeigte den ungläubigen Anwohnern sogar zwei Goldmünzen, welche er am genannten Ort aufgelesen habe.

Nun machten sich ab und zu einige Abenteurer zum Zwingherrenbogen auf. Doch lange Zeit prahlte niemand mehr mit goldenen Fundstücken.

Da kam eines Tages die Nachricht, daß ein unerfahrener Bürger aus Bern beim Felsbogen zu Tode gestürzt ist. Einige Bauern brachen auf, um die Leiche zu suchen. Aber die Runse auf der Ostseite des Zwingherrn ist besonders steil und ganz verwachsen, Es ist dort fast aussichtslos, jemanden zu finden.

Das Ereignis jagte den Leuten einen großen Schrecken ein. Lange Zeit getraute sich niemand mehr, zu dem Felsbogen in den Schlosschällen vorzudringen.

Aber schon der alte römische Dichter Vergil sprach von dem verfluchten Hunger nach Gold bei vielen Leuten.

Also kam nach vielen Monaten wiederum ein Wanderer nach Hinterfultigen und zeigte von neuem ein Goldstück, das er auf dem Zwingherrn gefunden habe.

Nun waren sich die Bauern sicher: Der Teufel ließ bei seinen Aufenthalten unter dem Felsenbogen manchmal absichtlich eine oder mehrere Goldmünzen liegen.

Nochmals nach geraumer Zeit fanden zwei Brüder beim Zwingherrn den Tod. Zuerst war es nur einer, der ausschlipfte. Danach versuchte der zweite, ihn zu retten und beide stürzten in die tiefe Rinne im Osten.

Auch hier fand sich niemand, der die beiden Unglücklichen bergen wollte.

Die von Fultigen folgerten richtig: Mit seinem absichtlichen Liegenlassen von Gold forderte der Leibhaftige die Leute heraus. Einerseits wollte er sie warnen, den unzugänglichen Ort zu erkunden. Anderseits hatte er einen satanischen Spaß daran, daß ahnungslose Abenteurer bewußt ihr Leben für ein paar Goldstücke aufs Spiel setzten.

Nun warnten die Bauern von Fultigen jeden davor, in den Schlosskeller hinabzusteigen: Es sei einen seltenen und zufälligen Fund nicht wert. – Und die Wanderer hielten sich daran.

Der Teufel ist längst vom Längenberg verschwunden. Und angebliche Schätze auf dem Zwingherr scheinen niemanden mehr zu waghalsigen Unternehmungen anzuspornen.

Oder doch?

Es sind noch keine zehn Jahre her. Da hörte ich von einem Unglück, bei welchem eine Frau auf dem Felsbogen im Schlosskeller bei Hinterfultigen zu Tode stürzte. Es kostete große Mühe, die Leiche der Unglücklichen zu bergen.

Niemand konnte sagen, ob das unvorsichtige Wesen aus reiner Neugier zu dem unwegsamen Naturdenkmal hinaufgestiegen war oder ob es vom teuflischen Goldsonnen in alten Zeiten gehört hatte.

Die Schlosschällen mit dem Zwingherrenbogen bleibt ein besonderer und unheilvoller Ort.

Die Teufelskrallen an der Falkenfluh

Am Rande des rechten Aaretals, nördlich von Steffisburg, erhebt sich die weithin sichtbare Falkenfluh. Diese hat eine Höhe von über tausend Metern über Meer und fällt gegen Westen im oberen Teil in einem sechshundert Meter langen Felsband ab.

Die Falkenfluh ist doppelt so hoch wie die Niederung der Aare und gewährt deshalb einen weiten Blick auf die Gegend zwischen Thun und Bern.

In alten Zeiten galt dieser Berg als verrufen. Kein Wunder: Die schroffe, unnahbare Fluh mußte den Bewohnern als unheimlich vorkommen. Und etliche Leute in der Umgebung behaupteten, sie sähen manchmal oben auf dem Hügel einen Riesen hin und her gehen.

Als sich die Städte Thun und Bern vergrößerten, stieg der unheimliche Wanderer von der Falkenfluh oft ins Tal hinab. Er bot den Reisenden und Fuhrleuten seine Dienste an. Und wer ablehnte, der sollte wenigstens ein Entgelt an den Riesen bezahlen.

Die Leute wußten bald, daß sie es mit dem Leibhaftigen zu tun hatten. Eine gewisse Zeit nahmen sie gleichwohl dessen Besuche als mehr oder weniger lästige Vorkommnisse in Kauf.

Doch nach und nach wollten die Händler und auch die Bauern unter der Falkenfluh, also in den Dörfern Brenzikofen, Oppligen und Kiesen den Teufel loswerden.

Zuerst errichteten die Bewohner unter dem Berg, am Weg von Oberdiessbach nach Bleiken, ein großes Festungswerk auf dem Hügel Bürglen. Das langgezogene Erdwerk kann man noch heute sehen.

Auf Bürglen machten die Wachtleute jedesmal, wenn der Riese von der Falkenfluh zu Tal wollte, einen Heidenlärm, um ihn am Abstieg zu hindern.

Der Teufel geriet darob in einen fürchterlichen Zorn. Schließlich wollte er weiter seine Ausflüge ins Aaretal machen.

Als das nächste Mal eine Abteilung Bewaffneter zur Festung Bürglen kam, da hielt es den Grünen nicht mehr zurück. Er nahm einen großen Felsen und schleuderte ihn über die Fluh auf den Harst der Wächter. Das Geschoß verfehlte sein Ziel nur wenig.

Die Wachtleute erschraken sehr und näherten sich nachher dem Block. Sie konnten nicht glauben, daß der Gehörnte oben auf dem Berg einen Stein soweit werfen konnte.

Nun aber erhoben sich alle im Aaretal unterhalb von Thun gegen den lästigen Riesen. Ein neues Aufgebot stieg zur

Falkenfluh hinauf. Droben wollten sie den Grünen in die Enge zu treiben.

Die wehrhafte Schar kam zur richtigen Zeit. Der Teufel machte gerade sein Mittagsschläfchen. Als er die bewaffneten Leute sah, blieb ihm keine Zeit zur Gegenwehr. In ohnmächtigem Zorn flüchtete der Leibhaftige über die Fluh hinunter ins Tal, wobei er sich vergeblich an den Felsen zu halten versuchte.

Drunten in den nahen Wäldern hörte man noch eine Zeitlang ein unheimliches Grollen und Keifen. Danach kehrte in dem Gebiet Ruhe ein.

Der Teufelsstein bei Bürglen an der Straße nach Bleiken ist erhalten. Man hat den großen Block später zu einer rechteckigen Tafel behauen. Als solcher dient er heute als Markstein. Hier stoßen die Grenzen der Gemeinden Oberdiessbach, Bleiken und Brenzikofen zusammen.

Aber noch heute behaupten die Bewohner von Oppligen und der näheren Umgebung, man könne an der Falkenfluh die Spuren der Krallen sehen, mit denen sich der Teufel in seiner Verzweiflung beim Sturz zu halten versuchte.

Ich bin den Hinweisen nachgegangen. Tatsächlich sieht man an dem Felsband der Falkenfluh einige lange, senkrecht zum Tal weisende Rillen. An der Erzählung ist also etwas wahr.

Es gibt auch eine andere Version jener Sage.

Danach hätte der Teufel in seiner Wut eine ganze Felskuppe von der Falkenfluh westwärts zu Tal geschleudert. Das sei das heutige Oppligenbergli.

Doch daran glaube ich nicht. Der Teufel kann vieles, aber Berge versetzen vermag er kaum.

Der Teufel im Turm von Schlosswil

Zwischen Worb und Konolfingen, südöstlich von Bern und zweihundert Meter über der rechten Seite des Aaretals liegt die kleine Ortschaft Schlosswil. Diese war früher eine eigene Gemeinde und gehört heute zu Grosshöchstetten.

Den Namen hat der alte Weiler von dem Wohnschloß am südlichen Rand der Siedlung. Die Gebäulichkeiten sind zu allen vier Seiten an einen rechteckigen Turm angebaut. Gegen Süden hat das Schloß einen Park. Daran schließt sich eine fünfhundert Meter lange prächtige Allee mit alten Bäumen an.

Mit dem weiß verputzten Bergfried in seiner Mitte ist das Schloß von Wil von weitem sichtbar.

Die Geschichtsforscher halten Schlosswil für eine alte Burg, von Freiherren gegründet. Und der Turm soll ein Überrest von alten Zeiten sein, lange bevor ein wohlhabender Berner Patrizier dort seinen Landsitz erbaute.

Aber schon in meiner Jugendzeit dünkte es mich, daß der Turm, in die Mitte eines Wohnschlosses gesetzt, kaum älter als die übrigen Teile sein kann. Zudem bietet die Lage zwar eine schöne Aussicht, war aber ungeeignet für einen Wehrbau. Die Landschaft ist dort nur wenig geneigt, bietet keine natürlichen Hindernisse.

Jahrzehnte vergingen und immer wieder beschäftigte mich der angeblich alte Turm des Schlosses von Wil.

Dann verglich ich Schlosswil mit anderen alten Landsitzen im Bernbiet, so Rümligen im Gürbetal und Spiez am Thunersee. Auch diese haben Wehrtürme aus angeblich alten Zeiten mit Mauerwerk, das man absichtlich nicht verputzt hat.

Zu einer gewissen Zeit hatten die vornehmen Bauherren einen Gefallen daran, mittelalterlich aussehende Gebäude zu errichten.

Der Patrizier, der das Schloß von Wil erbaute, wollte mit dem Bergfried aus Geschiebesteinen eine alte Burgenzeit vortäuschen – wie die Adeligen von Spiez und Rümligen. Dazu erfanden willige Schreiber ehemalige Freiherren und schrieben Urkunden, mit Siegeln behangen.

Um den Turm von Wil rankt sich auch eine Sage. Damit kommen wir zum Kern der Sache.

Es wird erzählt, daß der Herr von Schlosswil im Turmgemach jeden Abend ein Bett zurecht machen ließ. Man sah niemand kommen, niemand gehen, und doch war das Bett jeden Morgen zerlegen, und unter dem Kopfkissen fanden sich ein paar Batzen als Schlafgeld vor. War die Zubereitung des Bettes vergessen worden, dann erhob sich rund um das Schloß ein unangenehmer Lärm. Und durch die Allee brauste ein scharfer Wind, auch wenn kein Sturmwetter war.

Der adelige Besitzer wußte wohl, daß niemand als der Teufel der unsichtbare Schlafgast war. Darüber wollte er jedoch nur ungern sprechen.

Aber die Geschichte um die Erbauung des Schlosses verbreitete sich doch.

Der burgerliche Erbauer von Wil plante nicht nur ein Wohngebäude. Er sah sich als alter Ritter mit Schwert und Schild und Helm. Also mußte auch ein Bergfried her. Dieser aber konnte nicht mit Backsteinen errichtet werden, sonst hätte die Leute ein angeblich hohes Alter des Turms nicht geglaubt.

Der Patrizier brauchte für seinen Wehrturm eine Menge Geschiebesteine. Diese jedoch kosteten ihn soviel wie das Schloß. Soviel Geld besaß der Bauherr aber nicht. Was sollte er da machen?

Da erschien dem vornehmen Manne eines Nachts in seiner Kemenate der Teufel in Gestalt eines großgewachsenen, hageren und grüngekleideten Mannes, eine Feder auf dem Hut und einen blanken Dolch im Gürtel. «Diesen Turm will ich in kürzester Zeit vollenden», sprach der sonderbare Besucher, «wenn du mir mit deinem Blut deinen Namen in dieses Büchlein schreibst. – Und zusätzlich mußt du mir in dem Bau ein Zimmer mit einem Bett einrichten.»

Zögerlich unterschrieb der Patrizier. Im Nu waren fleißige Riesenhände an der Arbeit. Der Bergfried, von dem vorher nur die Fundamente standen, wuchs schnell in die Höhe. Bald war die Plattform und der Zinnenkranz geschaffen und der Dachstuhl konnte aufgesetzt werden.

Dem Bauherrn grauste es ob dem tollen Spuk. Er suchte die Abmachung mit dem Teufel vor seiner Gemahlin und den andern geheim zu halten.

Aber das Rätsel des Schlafzimmers im Turm, das jede Nacht vorbereitet werden muß, verbreitete sich allmählich.

Und die Dorfbewohner von Wil glaubten nachts oft eine dunkle Gestalt zu sehen, die durch die Allee des Schlosses lustwandelte. – Vielleicht war nämlich auch die Baumpromenade das Werk des Grünen. - Forderte nicht schon in Gotthelfs *Schwarzer Spinne* der Teufel, daß man ihm auf Bärhegen eine Buchenallee pflanze?

Als das Lebensende des Schloßherrn von Wil gekommen, offenbarte er seiner Frau und seinen Nachkommen endlich die Abmachung mit dem Teufel. Dergestalt erleichtert, fand der Adelige vor dem Tod den Frieden in seiner Seele.

Das Schlafgemach im Burgturm von Wil wird längst nicht mehr am Abend für einen fremden Gast zubereitet.

Doch noch immer ist der Turm leer und verwaist, wissen die Besitzer des Schlosses nicht, was sie damit anfangen sollen. Niemand will darin wohnen oder auch nur eine Nacht verbringen. – Liegt ein Fluch in dem Bergfried?

Aber weiter wird in den Büchern behauptet, der Turm von Schlosswil sei uralt, was nicht stimmt.

Der Teufel hat gut Werk getan und die Geister verwirrt.

Die Teufelsburg bei Rüti bei Büren

Ungefähr zwei Kilometer südöstlich von Rüti bei Büren an der Aare und ebensoweit südlich von Arch liegt in dem ausgedehnten Rütiwald die sogenannte Teufelsburg.

Das Erdwerk findet sich dreißig Meter über der rechten Seite des Leimbachs und besteht zuerst aus einem auffällig schön geformten rundlichen Burghügel von zehn Meter Höhe. Daran schließt sich gegen Norden ein weitläufiges System von merkwürdigen Wällen und Gräben an.

Mauern hat die Teufelsburg nie besessen, sie blieb eine Erdburg.

Frühere Forscher wollten die Befestigungen der Teufelsburg in einem rechten Winkel sehen. Aber wenn man genau hinsieht, so wirken diese Erdbewegungen wie gezogen und auf einen Punkt nach Nordosten zulaufend. Zudem ist nur der erste Graben und Wall nach der Burgkuppe geschlossen; die übrigen Teile haben Unterbrechungen.

Ich selbst habe bei den ersten Begehungen vor Jahrzehnten die Anlage nicht richtig erfaßt. Und der dichte Tannenwald erschwert den Überblick zusätzlich.

Erst durch die neuen digitalen Geländedaten ließ sich die Teufelsburg richtig erfassen und deuten.

Die Anlage bestand zuerst wohl nur aus dem erwähnten runden Burghügel mit einer halbrunden Terrasse an seinem Südfuß und einem ebenfalls halbrunden Abschnittsgraben gegen Norden.

Daran schließt sich das erwähnte Graben- und Wallsystem der Teufelsburg an. Dieses aber hat keinen Wehrcharakter. Vielmehr hat man es hier mit einer Erdzeichnung zu tun.

Betrachtet man den Plan der Teufelsburg bei Rüti bei Büren, so springt das Bild eines eierlegenden Vogels heraus: Die Kuppe stellt das Ei dar, die Wälle und Gräben das Gefieder. Gegen Norden verengen sich die Erdformen zu bloßen Rillen und bilden einen Kopf mit einem langen Schnabel.

Erdzeichnungen, wissenschaftlich Geoglyphen genannt, kommen in unseren Gegenden allenthalben vor. Fast jede Burganlage, ob mit Erde oder mit Steinen geformt, verrät ein Bild, das sich entschlüsseln läßt.

Am ehesten erkennt man in der Anlage der Teufelsburg einen Storch. – Dieser Vogel genoß in alten Zeiten große Verehrung. So heißt die einzige erhaltene römische Säule in der Schweiz in Avenches die Storchensäule.

Und nördlich der Teufelsburg, in Altreu an der Aare, findet sich seit vielen Jahrzehnten eine bekannte Storchenkolonie.

Wie gesagt, auch ich rätselte lange über den Plan der Erdburg im Rütiwald. Und die Altvorderen konnten sich die Anlage überhaupt nicht erklären. Also hielten sie die Burg für das Werk des Teufels.

10: Die Teufelsburg bei Rüti bei Büren

Plan der Erdburg mit 1 Meter-Höhenkurven und Flächenfarben für den Burghügel und die Wälle.

Im Plan ist deutlich ein eierlegender Vogel mit einem langen Schnabel zu erkennen.

Grafik: Autor

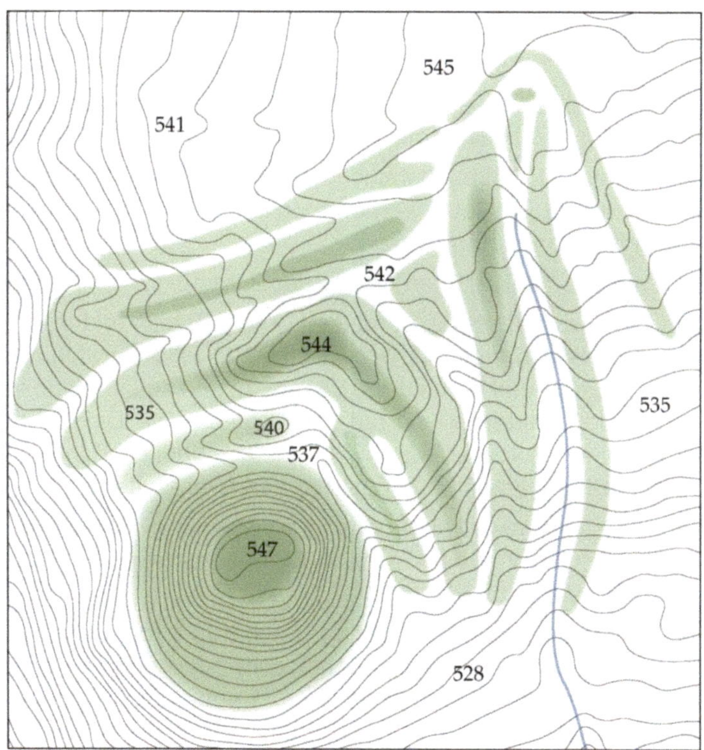

Da hatten die Leute nicht einmal Unrecht.

Nach und nach konnte ich die Sage von der Teufelsburg bei Rüti bei Büren zusammenstellen.

Vor langer Zeit walteten auf dem heute solothurnischen Bucheggberg die Grafen von Buchegg. Ihnen gehörten mehrere Burgen in jenem Gebiet – auch die spätere Teufelsburg.

Der letzte Graf von Buchegg vermachte den größten Teil seines Besitzes seinen Söhnen.

Die Witwe des Grafen bekam das Gebiet rund um das Erdwerk am Leimbach zugewiesen.

Aber was sollte eine alleinstehende Frau mit einer Burg fernab von Dörfern und Höfen anfangen?

Also fragte die Edelfrau von Buchegg etliche Leute in Büren und in Arch, ob sie ihr Gut erwerben möchten. Sie selbst wollte in die Stadt nach Solothurn ziehen.

Doch niemand zeigte Interesse an der Burg.

Die Gräfin wußte nicht warum; die Leute in Büren und in Arch aber wohl: Seit langem nämlich war der Rütiwald verrufen, weil sich dort der Teufel herumtrieb. Er kam ab und zu in den umliegenden Dörfern vorbei und bot den Leuten seine Dienste an. Der unheimliche Riese lieferte gut Holz aus dem großen Wald. Und wer Steine brauchte, mußte nur den Grünen fragen.

Die gräfliche Witwe von Buchegg wußte nicht, was sie tun sollte, bis plötzlich eines Tages ein Riese vor dem Burghügel über dem Leimbach erschien.

Der unheimliche Besucher bemühte sich freundlich zu sein. Er sprach merkwürdig laut und gedehnt, schwenkte seinen spitzen Hut und machte umständliche Handbewegungen, - Dabei fiel der Gräfin auf, daß der Riese Handschuhe trug, die er nicht abnahm.

„Wohlan, gnädige Frau! Ich hörte, Sie wollten sich von ihrem weitläufigen Landbesitz trennen. Nun, wenn dem so ist, so wäre ich gerne der Käufer. Und markten will ich nicht, sondern gebe ihnen gerne die gewünschte Summe in Gold und Silber."

Der Edelfrau kam das Gebaren des Besuchers zwar merkwürdig vor und sie zögerte. – Doch zuletzt schob sie ihre Bedenken
auf die Seite und sagte dem Handel zu.

Auf dem Weg nach Solothurn fragte die Gräfin die Leute von
Rüti bei Büren und in Arch, weshalb niemand von ihnen die
Burg kaufen wollte.

Erst jetzt erfuhr die edle Dame den Grund; aber da war es zu
spät.

Die Leute rund um den Rütiwald hatten nun einen Bewohner,
den sie eigentlich nicht wollten, aber dennoch für gewisse
Dinge bestellten.

Die Bauern sahen auch, wie der Riese seinen Besitz ausbaute,
indem er zunächst vor dem Burghügel eine größere Waldfläche
rodete. Hernach legte er vor der Motte ein merkwürdiges System von Wällen und Gräben an. Dabei sahen einige Neugie-
rige von weitem, daß der Teufel dazu nicht Schaufel und Harke,
sondern seine Krallen benutzte.

Die Leute der Umgebung hielten die vergrößerte Burg für einen
Irrgarten. Denn jeder, der zu dem unheimlichen Besitzer wollte,
verlor sich in diesem Gewirr von Wällen und Gräben, das zudem bald dicht von Gestrüpp und Dornen überwachsen war.

Der Teufel erspähte jeden Besucher, oft ohne daß es dieser
merkte. Manch einer erschrak sehr, als plötzlich auf dem Wall
oder hinter einem Gebüsch der Besitzer auftauchte und laut
grölend nach dem Begehr des Ankömmlings fragte.

Also bekam der ehemals gräfliche Burghügel den Namen Teufelsburg. Und nach vielen Jahren und nach langer Zeit klärten
sich die Geister der Bewohner in der näheren Umgebung des
verwunschenen Platzes auf. Der Grüne spürte das und verzog
sich allmählich in eine andere Gegend, wurde nicht mehr gesehen.

Der Irrgarten im Rütiwald bei Rüti bei Büren verwaiste und über-
zog sich bald mit dichtem Tannenwuchs.

Die Forscher, welche die Teufelsburg untersuchten, aber wurden bis vor Jahrzehnten weiter in die Irre geführt, weil niemand

die Erdzeichnung mit dem Burghügel verstand. Es war vielleicht nicht der Teufel, der dieses Bild schuf. Doch es waren Leute mit großen gestalterischen Kräften.

Die Teufelsburdi auf dem Jolimont

Der Jolimont ist ein ungefähr viereinhalb Kilometer langer Berg zwischen Bieler- und Neuenburgersee.

Der Hügel ragt gegen die Ebene der Zihl im Nordwesten etwa 150 Meter auf, gegen Südosten immer noch etwa hundert Meter.

Als Siedlungen hat der Jolimont im Nordosten das Städtchen Erlach, im Nordwesten Gals, im Südwesten Gampelen und im Südosten Tschugg mit seinen Weinbergen.

Man kann sicher sein, daß jener Berg in der Vorzeit eine kultische Bedeutung hatte. Der Ortsname Tschugg leitet sich vom lateinischen Wort *sanctum, sanctus* ab. Aber auch der französische Name *Jolimont* hat wohl die gleiche Herkunft. – Man denke also nicht an einen *schönen Berg*!

Im südlichen Teil des Hügels sieht man noch heute drei Grabhügel, in denen vorzeitliche Fürsten bestattet wurden.

Und nordwestlich der Hügelgräber finden sich insgesamt vier mit Schalen versehene Findlinge. – In die Vertiefungen jener Blöcke legen Wanderer oft Münzen hinein. Sie folgen damit einem Brauch, der weit zurückreicht.

Mit Ausnahme des Jolimont-Guts bei Erlach ist der Hügel heute ganz bewaldet. Der Forst heißt Klosterwald, weil er einst zum Kloster Sankt Johannsen zwischen Erlach und Le Landeron gehörte.

In alten Zeiten war der Berg unbewaldet. Und so sah man von allen Seiten auf der Höhe die paar auffälligen Felszacken, welche noch heute die Wanderer und Spaziergänger beeindrukken. Es sind dies nicht anstehende Felsen, sondern Findlinge. Nach den Forschern stammen sie aus dem Val de Bagnes im Wallis und haben von dort bis zum Jolimont einen Weg von etwa hundertfünfzig Kilometer zurückgelegt.

Schon vor Jahrzehnten habe ich mich gefragt, wie diese Blöcke von so weit herkamen.

Die Alten haben sich die gleiche Frage gestellt. Und für sie war nur der Teufel in der Lage, derart große Blöcke über weite Strecken zu transportieren. Also bekam jene Ansammlung von großen Steinen den Namen Teufelsbürde oder Teufelsburdi.

Und die Bauern und Dorfbewohner der Umgebung wußten, daß sich auf dem Jolimont der Leibhaftige herumtrieb. Wanderer sahen ihn von weitem, wie er zwischen Gebüsch und Gestrüpp hervorlugte.

Doch nur wenige wagten sich den mächtigen Blöcken auf dem Hügel zu nähern. Schon von weitem hörte man des Grünen lautes Schnarchen, wenn er sich dort eine Ruhepause gönnte - oder sein Schmatzen, wenn er ass.

Zudem stieg oft beißender Rauch zwischen den Steinen hoch. Der unheimliche Bewohner betrieb nämlich auch schwarze Magie. Man raunte, er könne sogar zaubern.

Der grüne Riese stieg ab und zu vom Berg herab und besuchte eine Schenke in dem Städtchen an seinem Fuß. Dem Wirt war jedesmal mulmig zumute, wenn der sonderbare Gast kam. Oft nämlich grölte er laut und bei jeder Gelegenheit Händel und Streit.

Der Ort mit dem Schloß zuoberst hieß bald nur noch das Städtchen des Kerls. Denn Erlach, französisch *Cerlier*, kommt von dem Königsnamen Karl, der hier zu *Kerl* geworden ist.

Aber nicht alle Leute zollten Achtung vor dem Teufel.

So gab es einen Bauhandwerker namens Heinrich. Dieser forderte den Bewohner des Hügels heraus: „Du elender Kerl! Glaubst du wirklich, du könntest deinen Kunden bessere Steine liefern als ich? Wenn einer seinen Beruf versteht, dann bin ich es!“

„Komm' mit mir auf den Berg zu den Felsen, da wollen wir sehen, wer hier der Tüchtigere ist!“ entgegnete der Riese.

11: Die Teufelsburdi auf dem Jolimont

Blick von Westen auf den westlichen der vier großen Blöcke.

Die Figur einer Kröte mit dem Gesicht nach rechts ist deutlich zu erkennen.

Foto: Autor, 25.9.2017

Bald, an einem Tag nicht wie jeder andere, sah man die zwei Streithähne zum Jolimont hinaufsteigen. – Ein paar Leute, die folgten, hielten sich in geziemendem Abstand.

Wieder begann der Handwerker: „So, du großer Kerl, von jetzt an werde ich hier von diesen Blöcken Steine brechen. Schließlich verstehe ich mich besser damit!"

Ein wüster Streit mit Worten und Flüchen begann. Und der überhebliche Handwerker wußte offenbar immer noch nicht, wen er vor sich hatte.

Erst als der grüne Kerl seine Handschuhe ablegte und seine Arme erhob, die Krallen statt Finger hatten, durchzuckte den Herausforderer Angst und Schrecken. Aber da war es für ihn zu spät.

Unten in Erlach hörte man danach einen dumpfen Knall und sah eine weiße Wolke über dem Jolimont aufsteigen.

Erst nach Tagen wagten sich einige Leute in die Nähe der Teufelsburdi. Was sie sahen, jagte ihnen einen Schrecken ein. Neben den Steinblöcken sahen sie nämlich eine riesenhafte, aber reglose Kröte.

Das Tier wurde mit der Zeit grau und schien sich aufzulösen. Doch dann stellten die Anwohner fest, daß die Kröte zu Stein geworden war.

Fortan traute sich niemand mehr, die Blöcke auf dem Jolimont zur Materialgewinnung auszubeuten.

In späteren Zeiten ging das Wissen über das hüpfende Tier verloren. Niemand kannte mehr die Geschichte von dem überheblichen Handwerker, der auf dem Jolimont durch teuflische Zauberhand verwandelt worden war.

In Erlach sah man den grünen Riesen noch etliche Male, bis sich auch hier die Aufklärung durchsetzte.

Fortan glaubt niemand mehr an den Teufel und an Magie.

Aber wer die Teufelsburdi auf dem Jolimont genau betrachtet, erkennt unschwer, daß der westlichste der großen Blöcke eine Kröte darstellt. – An der Sage ist etwas dran.

Die Teufelsburdi auf dem Jolimont genießt seit 1872, und dann nochmals ab 1940 staatlichen Schutz.

Nur das Militär hat während der beiden Weltkriege die Ruhe jenes Hügels mit den eindrucksvollen Findlingen gestört.

Bottis Grab im Grauholz

Unweit westlich der erwähnten Teufelsküche im Grauholz gab es im Wald neben der Straße, die nach Bern führt, einen großen Grabhügel. Und im Osten fand sich ein aufgerichteter Stein. Dieser ragte etwa anderthalb Meter aus dem Boden und hatte eine flache, oben gerundete Form.

Um das Hügelgrab im Grauholz rankt sich eine Sage von einem Riesen namens Botti. Dieser soll dort im Wald gelebt und den Bauern der Umgebung manchen Dienst erwiesen haben. Wegen seiner Größe und Körperkraft sei es einem gewöhnlichen Menschen unmöglich gewesen, den Händedruck von Botti auszuhalten. Also reichten ihm die Bauern, die er oft beim Pflügen auf dem Felde aufsuchte, die Pflugsterze statt der Hand zum Gruß.

Nicht minder groß und stark war Bottis Schwester. – Hieß sie vielleicht Bottina? - Nach dem Tod des Riesen habe sie dessen Grab aufgeschüttet und in ihrer Schürze die Steine dazu herbeigetragen.

Ich erinnere mich, wie ich in jungen Jahren den Menhir Bottis Grab im Grauholzwald aufgesucht habe. Mit diesem Besuch hatte ich zeitlich Glück. Denn der Stein kam bald danach in das Trassee der geplanten Autobahn zu liegen und wurde weggeräumt oder besser gesagt verschoben. Heute sieht man den versetzten Block am westlichen Rand der großen Straße.

Die Geschichte vom Riesen Botti beschäftigt mich immer noch.

Schon beim Namen hatte ich Mühe. Es gibt zwar Ortsnamen wie Bottenstein. Doch trotzdem kam ich nicht weiter.

Erst vor kurzem konnte ich das Rätsel lüften: Botti steht für *Bolti*. Man kennt zum Beispiel die Ortschaft *Boltigen*. – Dahinter steht der Vesuv. Dieser Feuerberg hatte in der alten Religion die Bedeutung einer heiligen Höhe.

Die Grabhügel selbst sahen aus wie kleine Vulkankegel, wollten also geweihte Hügel darstellen.

Botti ist somit als Wächter des alten Glaubens anzusehen. Er war freundlich zu allen Leuten, die guten Willens waren und vergalt es ihnen mit gewissen Diensten.

Aber war dieser Riese ursprünglich nicht vielleicht ein Teufel? Der Grüne wäre also zuerst ein Wegelagerer gewesen und hätte den Weg von Bern nach Urtenen und Schönbühl unsicher gemacht.

Jedenfalls hat die Sage vom Riesen Botti mehrere Gesichter.

Bei meinen Forschungen fand ich heraus, daß der Menhir Bottis Grab eine waagrechte Linie markiert, auf der gegen Osten die Teufelsküche und etwas weiter der Felsaufbruch auf der Burgstelle Liebefels liegen. - Die Alten waren nämlich große Landvermesser.

Der versetzte Stein Bottis Grab stellt auch ein Mahnmal der Überheblichkeit dar: Die Straße neben dem Block war zuerst zweispurig, dann kam die vierspurige Autobahn. Diese wurde nach ein paar Jahrzehnten sechsspurig ausgebaut. Und heute ist eine Verbreiterung der Trasse auf acht Spuren im Gespräch.

Wohin soll das führen? Der materielle Fortschritt kann nicht endlos weitergehen. Irgendwann, meine ich, wird die Menschheit einen mühseligen Weg rückwärts zu ihren Ursprüngen machen müssen.

Vielleicht könnten wir auch heute noch etwas vom Riesen Botti lernen.

Da hier viel vom Grauholz die Rede war:

Südlich von Schönbühl oder südöstlich von Moosseedorf und vor dem Nordende des Grauholz-Walds findet sich auf einer Anhöhe das Denkmal für den vergeblichen Abwehrkampf der Berner gegen die Franzosen im Jahre 1798. - In meinem Buch *Historische Denkmäler in der Schweiz* beschreibe ich das Monument.

Sintram und Guntram oder die Gründung von Burgdorf

Ich habe lange gezögert, ob ich diese Sage aufnehmen soll oder nicht.

Doch da sogar Jeremias Gotthelf darüber eine Erzählung geschrieben hat, will auch ich über den düsteren Ursprung der Stadt Burgdorf berichten.

In alten Zeiten gab es zwei brüderliche Grafen mit Namen Sintram und Guntram. – In einigen Geschichten wird ein dritter Bruder namens Bertram genannt. - Diese beschlossen, am Ausgang des Emmentals eine Feste und eine Stadt zu gründen.

Also steckten die adeligen Brüder die Umrisse der Anlagen ab, zuerst der Burg auf dem Felsenhügel und danach des Städtchens an seinem Fuße.

Die Absichten der beiden Grafen mißfielen dem Teufel, welcher keine gottesfürchtigen Leute und Orte am Eingang des Emmentals haben wollte.

Aber da der Grüne selbst nichts machen konnte, beschwor er einen Drachen, etwas für ihn zu tun. Das Untier lagerte nämlich auf der nördlichen Gisnaufluh, jener schroffen Felswand über der rechtsufrigen Emme, gleich gegenüber Burgdorf.

Also äugte der Drache mißgünstig auf die Vorbereitungen zur Gründung von Burg und Stadt. Und bald begann er vor Wut zu schnauben und zu speien und erzeugte dabei einen fürchterlichen Qualm und feurige Ströme.

Es entstand großer Schaden an Leuten und an Vieh. Und die Arbeiten an der Gründung des Orts mußten ruhen.

Da beschlossen die beiden Grafen, die Gegend von diesem Ungetüm zu befreien.

Mit Schwertern und Speeren bewaffnet überquerten die Brüder die Emme und schickten sich an, von Norden her zu den Gisnauflüen hinaufzusteigen.

Doch unversehens kam der wütende Drache von den Felsen herunter und stürzte sich auf die beiden.

Guntram, der jüngere Bruder, stellte sich dem Ungeheuer in den Weg. Aber der Drache ließ sich nicht beeindrucken und verschlang den mutigen Grafen bei lebendigem Leib.

Sintram jedoch zeigte sich ebenso kühn und setzte dem Lindwurm mit Schwert und Speer dermaßen zu, daß er nach kurzem Kampf verendete. Sogleich schlitzte er dem Untier den Bauch auf und befreite den noch lebenden Bruder.

Zum Gedächtnis an die Tat stifteten die beiden Brüder an der Stelle des Geschehens eine Kapelle, in welcher die merkwürdige Begebenheit auf einem Bild zu sehen war.

Das kleine Gotteshaus steht noch heute und erinnert an die schaurige Begebenheit bei der Gründung Burgdorfs.

Eine Erklärung der Namen soll nicht fehlen.

In Sintram steckt die Bedeutung *heiliges Troja*.

Guntram verrät ebenfalls Troja, mit vorangestelltem *Gunter*, was *Bur-Gunder* bedeutet.

Die Grafen sollen aus Lenzburg gekommen sein, behauptet die Sage, doch waren sie offenbar stolz auf ihre burgundische Herkunft.

Dann die Gisnauflüe, auch Gysnauflüe geschrieben.

Diese fast hundert Meter hohen Felswände aus Sandstein gegenüber von Burgdorf scheinen ein Geheimnis zu bergen.

Und tatsächlich: Auf dem nördlichen Felskopf befindet sich eine alte Wehranlage mit einem Burghügel und ein paar Abschnittsgräben.

Betrachtet man den Plan der Burg auf der Gisnaufluh, so erkennt man darin den Kopf und die Schnauze eines Krokodils oder eines Lindwurms. – In meinem Burgenbuch findet sich die Planskizze

Die Bürger von Burgdorf ahnen wohl längst nicht mehr, daß sich auf einem Felsen unweit der Stadt das Bild eines Ungeheuers in die Erde eingezeichnet findet.

Möge weder der Drache noch der Teufel je wieder die Leute von Burgdorf bedrängen!

Der Teufelsritt über die Berner Münsterplattform

Jeder Berner kennt die Plattform in der Altstadt. Es ist dies eine künstlich angelegte monumentale Terrasse auf der südlichen Längsseite des gotischen Münsters.

Die rechteckige Plattform ist mit mehreren Reihen Laubbäumen bepflanzt und mit einigen Brunnen und vielen Sitzbänken ausgestattet. An den beiden aareseitigen Ecken der Fläche steht je ein Pavillon. Beide dienen heute als Kioske.

Die Plattform von Bern wurde zusammen mit dem Münster errichtet und hat sich seitdem wenig verändert. Zu Beginn des 19. Jahrhunderts wurden die Ecktürme mit Spitzhelmen abgetragen und durch die erwähnten Pavillons ersetzt. – Und um 1850 errichteten die Bernburger in der Mitte der Anlage ein Denkmal für den legendären Stadtgründer Herzog Berchtold von Zähringen. – In den 1960er Jahren versetzte man das Monument an den heutigen Standort an der Nydegg-Brücke gegenüber der Nydegg-Kirche.

An schönen Tagen und besonders an Wochenenden wird die Münsterplattform in Bern von jung und alt viel besucht, stellt sie doch eine der wenigen Grünanlagen der Altstadt dar.

Die Aussicht von der Südseite der Plattform ist eindrucksvoll. Man hat einen weiten Blick auf die Aare mit der Schwelle, dahinter den bewaldeten Steilhang des rechtsseitigen Flusses und in einiger Entfernung den Gurten, den Hausberg von Bern.

Schon als Schüler hat mich die Münsterplattform beschäftigt.

Uns wurde gesagt, man habe die Terrasse angelegt, um die Fundamente des Münsters zu stützen und zu verhindern, daß das Bauwerk zur Aare hinabgleitet.

Eine Stützmauer war sicher nötig. Aber mußte diese gleich so groß sein und derart weit gegen den Abhang der Aare vorgeschoben?

Wie bei anderen Fragen zur Geschichte der Stadt konnte mir niemand weiterhelfen. Ein ganzes Leben beschäftigte mich die Plattform von Bern, ohne dem Rätsel auf den Grund zu kommen.

12: Der Reitersprung des Manlius Curtius

Oben: Relief, aufgestellt beim sogenannten *Lacus Curtius* auf dem Forum Romanum in Rom.

Bild: Internet

Unten: Inschrift für Weinzäpfli auf der Berner Münsterplattform

Foto: Autor, 20.2.2025

Auch über den Münsterturm machte ich mich immer wieder Gedanken: Der Glockenturm war bekanntlich ursprünglich weniger hoch, hatte nur eine einzige Terrasse mit einem bedachten Abschluß.

Am Ende des 19. Jahrhunderts jedoch meinten die Bürger von Bern, ihr Münster brauche einen spitzen Helm. Also stockten sie den Turm auf die jetzige Höhe auf.

Erst vor ungefähr fünfzehn Jahren fand ich Antworten, sowohl für den Münsterturm wie für die Plattform.

Die Berner wählten nämlich als Vorbild für ihre künftige Kathedrale die Kirche Saint Saturnin in Pont Saint-Esprit, am rechten Ufer der Rhone in Südfrankreich.

Wer das dortige Bauwerk betrachtet, sieht die gleichen Elemente, die man auch in Bern verwendet hat, mit Streben und mit einem eigenartigen Turm.

Aber weshalb die übergroße Berner Plattform?

Nun, weiter abwärts, auf der linken Seite der Rhone liegt die ehemalige Papststadt Avignon. Der dortige Palast des Bischofs hat eine große Gartenanlage, welche über einem senkrechten Felsabsturz zum Fluss angelegt ist.

Avignon steht für das biblische Babylon. - Und wer von jenem Ort redet, erwähnt neben dem Turm von Babel die hängenden Gärten der Königin Semiramis, die als eines der sieben Weltwunder galten.

Der Name Semiramis bedeutet übrigens *heilige Mutter Maria*.

Die Berner bewunderten die Gärten von Avignon und wollten etwas Ähnliches schaffen. Also errichteten sie die gewaltige Terrasse als hängenden Garten der Stadt.

Die Plattform von Bern hat eine tragische Seite: Seit jeher wählen Verzweifelte jenes gewaltige Bauwerk, um von dieser in den Abgrund zu springen und so ihrem Leben ein Ende zu setzen.

Allerdings hat die Münsterterrasse im Süden gegenüber der darunter verlaufenden Badgasse eine Sprunghöhe von über dreißig Metern. – Niemand überlebt einen solchen Sturz.

Oder doch?

In der Mitte der südlichen Umgebungsmauer der Plattform sieht der Besucher auf der Innenseite der Balustrade eine alte Tafel angebracht. Diese berichtet von einem Teobold Weinzäpfli, der im Jahre 1654 zu Pferd von der Plattform gesprungen sei und den Sturz wunderbarerweise überlebt habe. – Der Mann sei später Pfarrer von Kerzers im Seeland geworden und dort gestorben.

Da kann es sich nur um eine Sage handeln. Aber welche?

Die alten Berner waren bestens mit den Geschichten der griechischen und römischen Antike vertraut.

Also fand ich heraus: In Rom gibt es die Legende, wonach sich in alten Zeiten auf dem städtischen Markt eine Erdspalte, der sogenannte *Lacus Curtius* aufgetan habe. Ein beherzter Ritter habe sich darauf mit seinem Pferd in den Schlund gestürzt. Das Opfer war nicht vergebens: Der Spalt schloß sich darauf.

Der Reiter hieß Manlius Curtius (CRT): Der zweite Name hat die gleiche Wurzel wie der Ortsname Kerzers (CRT).

Nun meinte in Bern ein angehender Pfarrer aus dem Seeland, er könne es gleich machen wie die römische Sagengestalt. Und da er häufig stark dem Wein zugetan war, hatte Weinzäpfli keine Bedenken, dafür mit dem Teufel einen Pakt zu schließen. So hoffte er, seine Mitbürger durch einen kühnen Ritt über die Plattform zu beeindrucken.

Der Sprung gelang. Aber was unmöglich ist, bleibt es auch – trotz der versichernden Abmachung mit dem Teufel. Teobold und sein Roß schlugen jämmerlich am Fuß der Münsterplattform auf.

Die Bürger wußten von dem unseligen und vermessenen Ritt über die Münsterplattform. Aber nach Jahrzehnten verlor sich das Andenken an das tödliche Ereignis. Also wurde schließlich behauptet, der Reiter und sein Pferd hätten überlebt.

Sicher haben nicht alle an dieses Wunder geglaubt. Aber wer wollte es besser wissen?

Manchmal führten die Untaten des Teufels aus der Umgebung von Bern bis in die Stadt hinein.

Das Begräbnis des schwarzen Papstes am Schwarzwasser

Es war an einem schönen Mittag im Frühsommer. Auf einer Wanderung im Schwarzenburger Land setzte ich mich auf eine Sitzbank, um mich auszuruhen.

Ich hatte den Ort mit Bedacht gewählt: Er lag an einem kleinen waldgesäumten Weg, der an dieser Stelle einen guten Einblick in die Schwarzwasserschlucht gewährte.

Nach kurzer Zeit kam ein Bauer bei mir vorbei und sagte mir, er habe diese Bank gezimmert, dem Wanderer zu Ehr und Nutzen.

Da hatte er Recht! Denn die Schlucht beschäftigte mich seit Jahren. So erkundete ich einmal die wildeste Strecke jenes Wasserlaufs in abenteuerlicher Weise zu Fuß. Dabei mußte ich etliche Male das Gewässer durchwaten.

Drei Flüsse im westlichen Voralpengebiet interessieren mich seit meiner Jugendzeit: die Saane, die Sense und eben das Schwarzwasser.

Während die Saane im Berner Oberland entspringt, so haben die Sense und das Schwarzwasser ihren Ursprung in dem Bergrücken im Süden oberhalb des Schwarzenburger Lands. Dieser hat als bedeutende Höhen die Pfeife, den Selisbühl und den Gurnigel.

Die drei genannten Flüsse verlaufen, nachdem sie das Gebirge verlassen haben in charakteristischen Schlaufen, in Mäandern. Das ist nur dort der Fall, wo das Gefälle gering ist.

Hinzu kommt der merkwürdige Umstand, daß die drei Flüsse, nachdem sie am Fuß der Berge angekommen sind, nicht nur Schlaufen zeigen, sondern gleichzeitig in den felsigen Untergrund eingetieft sind. Dadurch bilden sowohl die Saane wie die Sense und das Schwarzwasser eigenartige Canyons, wie man sie aus dem Westen Amerikas kennt. Die Sprunghöhe einzelner Felswände gegenüber dem Talboden erreicht manchmal mehr als hundert Meter.

13: Der Schwarzwassergraben bei der Steiglenau

Foto: Autor, 1985

Offenbar hat sich in jenen Bereichen der Boden gehoben und die Flüsse eingetieft. Dazu muß es katastrophale Fluten gegeben haben, welche den Canyons ihre charakteristischen Formen mit Prallhängen und Gleithängen gegeben haben.

Überflüssig zu sagen, daß die in den Sandstein eingeschnittenen wilden Flußtäler eine reiche Pflanzen- und Tierwelt ermöglichten.

Die genannten Gewässer weisen zudem neben felsigen Runsen auch etliche Seitenbäche auf, teilweise ebenfalls schluchtartig vertieft. Bei der Sense ist es der Scherlibach, beim Schwarzwasser der Bütschelbach.

Wegen diesen geographischen Eigentümlichkeiten ist das Schwarzenburger Land erst spät besiedelt worden.

Das bereits erwähnte Kloster Rüeggisberg war eine Gründung der Cluniazenser, welche Mönche sich der Urbarmachung von entlegenen Gegenden widmeten.

Auch der Teufel schien Gefallen zu haben an wenig zugänglichen Landstrichen. Wir hörten von dem schwarzen Heiland am Gurnigel-Berg. Dort entspringt neben der Gürbe auch das Schwarzwasser.

Aber seit der Aufklärung gibt es den unheimlichen schwarzen Mann nicht mehr. Er lebt nur noch im Halbdunkel der Erinnerung.

Oder ist es vielleicht nicht ganz so?

Während meiner Rast auf der Sitzbank erinnerte ich mich an eine Geschichte, die mich zu Studienzeiten beschäftigte, die ich aber unterdessen halb vergessen habe.

Als man begann, Märchen, Sagen und Legenden aufzuschreiben und in gedruckten Büchern zu verbreiten, gab es auch etliche Dichter, welche von vollkommenen Gemeinwesen berichteten.

Bekannt ist zum Beispiel die Legende von Atlantis. Dies soll eine Insel oder eine halbinselartige Hafenstadt gewesen sein, ein Ort, in dem Handel und Wandel, aber auch Kunst und Philosophie blühten. Atlantis war bis in die entlegensten Gebiete der damaligen Welt berühmt. – Nur schade, daß jene Stadt auf einmal im Meer versank und nicht mehr auftauchte.

Auf der Atlantis-Sage erdichteten etliche Geister Idealstädte und Idealstaaten.

In Bern zum Beispiel erfand der aufklärerische Pfarrer Johann David Wyss eine solche Vorstellung, die er *Schweizer Robinson* nannte und aus der ein erfolgreiches Jugendbuch geworden ist.

Diese ideale Gemeinschaft einer frommen protestantischen Familie auf einer unbewohnten tropischen Insel gab es nur im Roman.

Auch mich beschäftigten Gedanken von idealen Städten und Staaten.

Also fand ich heraus, daß es neben dem Park des riesigen Schlosses von Caserta bei Neapel ein paar Jahre nach 1789 die vollkommene Gemeinschaft von *San Leucio* gab. Doch nachher besetzten die Franzosen das unteritalienische Königreich und der Idealstaat - den ich *Leukasburg* nannte – verschwand.

Dann lernte ich die Geschichte von der Meuterei des englischen Schiffs *Bounty* kennen. Die Besatzung zog sich nach dem Aufstand auf eine abgelegene Insel im südlichen Pazifik zurück und formte dort eine Gemeinschaft, bestehend aus neun Seeleuten, sechs eingeborenen Männern und zwölf ebenfalls eingeborenen Frauen.

Das Eiland hieß Pitcairn, und die Nachkommen jener ursprünglichen Bewohner bewohnen die Insel noch heute.

Aber was in jener Gemeinschaft in den ersten Jahren nach der Landung geschah, war grauenhaft. Jedenfalls gab es nach wenigen Jahren nur mehr einige weiße Männer, etliche Frauen und eine immer zahlreichere Nachkommenschaft.

Trotzdem beschäftigte mich der Teufelsspuk auf jener entlegenen Insel in der Südsee während Jahren.

Und ich überlegte sogar, ob man eine solche inselartige Gemeinde im Schwarzwassergraben ansiedeln könnte.

Es dauerte lange, bis ich diese vielleicht fesselnde, aber düstere Geschichte verwarf: Ich wollte jenen schönen und naturbelassenen Flußlauf bei Schwarzenburg nicht mit einem Alptraum verbinden!

Und man wisse: Hinter einem idealen oder utopischen Staat steht der Teufel!

Gleichwohl war ich mir seit Jahren sicher, daß es mit dem Schwarzwasser eine besondere – vielleicht auch düstere - Bewandtnis haben mußte.

Wieder beschäftigte mich die Gestalt des schon vielfach genannten Hildebrand. Da wenig von ihm überliefert ist, dauerte es lange, bis ich weiterkam. Vor allem suchte ich etwas über das Ende jenes schwarzen Papstes zu erfahren.

Hildebrand stammte also vom Längenberg und hat jenes Gebiet nie verlassen.

Später haben die Geschichtsschreiber die Sage jenes Zauberers - wie gesagt - nach Italien versetzt. So glaubten sie, dessen Fluch vom Bernbiet vertreiben zu können.

In den Jahren seines Papsttums soll Hildebrand mit seinen radikalen religiösen Ideen ganz Italien und das Römisch-deutsche Reich verheert haben.

Nach vielen Mühen gelang es dem Kaiser, den schwarzen Papst in Rom in der Engelsburg zu belagern.

Normannische Seeräuber kamen als Rettungsengel und geleiteten das verfemte Oberhaupt der Kirche von Rom nach Süditalien.

Was dort mit Hildebrand geschah, verschweigt die Geschichte; sie nennt nur seinen Todesort Salerno.

Der Name jener Stadt wurde für mich der Schlüssel auch zur Erklärung, weshalb mich das Schwarzwasser so anzog.

Salerno heißt übersetzt *heiliger Alarich*. Damit kommen wir zur Gestalt des düsteren Westgotenkönigs, der einst das kaiserliche Rom eroberte.

14: Das Schwarzwasser zwischen Wislisau und der Steiglenau

Foto: Autor, 1985

Alarich heißt *Gottkönig.* Als solcher bestrafte er Rom für seine Sünden. - Aber dafür büßte er selbst: Der König starb auf dem Weg zu der heiligen Insel Sizilien, nahe der Stadt Cosenza in Kalabrien.

Die Goten verehrten und fürchteten ihren König zugleich. Er war ihnen trotz seines Ansehens nicht geheuer. Also wollte man den Herrscher nicht in der Erde bestatten. Die Barbaren wählten stattdessen den dortigen Fluß *Busento.* – Der Name bedeutet *Byzanz.* - Alarich eroberte Italien nämlich auf Geheiß des oströmischen Kaisers.

Bei Cosenza leiteten die Goten auf einer kurzen Strecke den genannten Fluß um und begruben den königlichen Leichnam in einem Geröllbett. Hernach gaben sie das Gewässer wieder dem natürlichen Lauf frei.

Wie ich mir jene bekannten Sage vom Grab im Busento vergegenwärtigte, fand ich den Zusammenhang.

Hildebrand war in dieser Geschichte der geistliche Gefährte des weltlichen Königs Alarich. Also starb der schwarze Heiland sicher unter ähnlichen Umständen, und zwar nicht in Süditalien, wie die Gelehrten später erzählten, sondern im Bernbiet.

Genaues ist nicht mehr zu erfahren. Aber in Ungefähr läßt sich die Geschichte nachverfolgen.

Nach der Aufhebung des Klosters Rüeggisberg war es mit dem Teufel vom Längenberg vorbei. Die Leute mieden ihn. Man vernahm nur noch wenig von ihm. Einige meinten sogar, der unheimliche Bewohner habe sich verzogen.

Doch der Grüne blieb dort. Wo wollte er anders hin? Der Teufel konnte sich nicht mehr weder einem Kaiser noch einem König anbieten.

Und eines Tages fand ein Bauer den Verfemten tot an einem Waldrand in der Nähe des alten Klosters liegen. Sogleich tat er sich mit ein paar Nachbarn zusammen. Auch ein paar ehemalige Mönche machten mit.

Die Männer beschlossen nach kurzer Überlegung, die Leiche des schwarzen Zauberers vom Gurnigel zum Schwarzwasser zu bringen. Sie wählten für den Trauerzug die fortgeschrittene Nacht und den frühen Morgen, damit niemand außer Fuchs und Hase das besondere Geleit hinab zur Schlucht verfolgte.

Im Flußabschnitt zwischen Wislisau und der Steiglenau huben die schweigsamen Männer auf einer Kiesbank eine längliche Grube aus, in welche sie den Verstorbenen hineinlegten. Danach und ohne besondere Handlungen, wie sie sonst bei Begräbnissen üblich sind, deckten sie das Grab mit den ausgehobenen Steinen zu,

Schon nach wenigen Tagen war die genaue Stelle der Bestattung kaum mehr zu erkennen. Und ein Hochwasser verändert jedesmal den Talgrund mit seinen Flußarmen und Kiesbänken. Niemand konnte den Ort wiederfinden.

Die beteiligten Bauern und Mönche sprachen nicht mehr von der seltsamen Beerdigung im Schwarzwassergraben.

Die Berner selbst wollten ungern an den unheimlichen Bewohner vom Gurnigel erinnert werden. Obwohl die Stadt weit weg von jenem Berg liegt, hat sie von dort einmal ein verheerendes Unwetter erfahren und auch sonst manche teuflische Unbill erduldet.

Wenn jemand das Grab im Schwarzwasser erwähnte und nach den Umständen fragte, so antworteten die Städter als Kundige der antiken Dichtung: Darüber fließt Lethe, der Strom des Vergessens.

Die Bücher des Autors

Beiträge zur Freiburger Historiographie des 18. und 19. Jahrhunderts
Guillimann – Alt – Berchtold – Daguet
112 Seiten mit 5 Abbildungen
Norderstedt 2019
(Historisch-philologische Werke 6)

Burgen rund um Bern
Eine Auswahl mit Plänen, Bildern, Beschreibungen und einer Einführung in die Burgenkunde. Nebst weiteren Objekten in der Westschweiz.
436 Seiten mit 131 Abbildungen
Norderstedt 2024
(Historisch-philologische Werke 9)

Historische Denkmäler in der Schweiz
34 helvetische Erinnerungsstätten, kritisch betrachtet
164 Seiten mit 35 Abbildungen
Norderstedt 2021
(Historisch-philologische Werke 8)

Die alten Eidgenossen
Die Entstehung der Schwyzer Eidgenossenschaft im Lichte der Geschichtskritik und die Rolle Berns.
360 Seiten mit 24 Abbildungen und 7 Tabellen
Norderstedt 2022
(Historisch-philologische Werke 2)

Die Entstehung der Jahrzahl 1291
Beiträge zur Schweizer Historiographie: Stumpf – Schweizer – Daguet et al.
136 Seiten mit 4 Abbildungen und 7 Tabellen
Norderstedt 2019
(Historisch-philologische Werke 7)

Die Matrix der alten Geschichte
Eine Einführung in die Geschichts- und Chronologiekritik
536 Seiten mit 35 Abbildungen und 18 Tabellen
Norderstedt 2021
(Historisch-philologische Werke 1)

Die Ortsnamen der Schweiz
Mit einer Einführung in die Namensprägung Europas.
340 Seiten mit 1 Abbildung
Norderstedt 2024
(Historisch-philologische Werke 4)

Teufelssagen aus der Umgebung von Bern
100 Seiten mit 15 Abbildungen
Norderstedt 2025
(Historisch-philologische Werke 10)

Die Ursprünge Berns
Eine historische Heimatkunde Berns und des Bernbiets.
Mit einem autobiographischen Anhang.
292 Seiten mit 62 Abbildungen und zwei Tabellen
Norderstedt 2022
(Historisch-philologische Werke 3)

Johann Rudolf Wyss der Jüngere
Der Abend zu Geristein
Eine Sage von 1824, neu herausgegeben, eingeleitet
und illustriert von Christoph Pfister.
Im Anhang: Johann Rudolf Wyss' Dichtung *Der Ritter von Ägerten.*
76 Seiten mit 7 Abbildungen
Norderstedt 2024
(Historisch-philologische Werke 5)

Weitere Artikel von historisch-philologischem Inhalt finden sich
auf der Webseite des Autors: **www.dillum.ch**

15: Schlosswil

Aquarell von Albrecht Kauw (Ausschnitt)

Ansicht von Nordosten.

Datiert „1676". - Nach Meinung des Verfassers in die 1770er Jahre zu setzen.

Wiedergabe mit freundlicher Genehmigung des Bernischen Historischen Museums, Bern

Foto: Stefan Rebsamen